WTF IST SCHON NORMAL?

BoD™
BOOKS on DEMAND

Von Herzen danke ich meinem kleinen, aber sehr feinen Kreis von Begleitern bei der Entstehung dieses Romans für ihre Ideen, Kritik, Ermutigung, Zuversicht, Aufmerksamkeit, Anteilnahme und Liebe. Ihr seid grandios!

Zeig mir, wo du liest!

Besuche mich auf meiner Website:
www.noragregory.de

Nora Gregory

WTF IST SCHON NORMAL?

Bibliografische Information der Deutschen Nationalbibliothek:
Die Deutsche Nationalbibliothek verzeichnet diese Publikation
in der Deutschen Nationalbibliografie; detaillierte bibliografische Daten sind im Internet über http://dnb.dnb.de abrufbar.

© 2017 Nora Gregory

Herstellung und Verlag:
BoD – Books on Demand, Norderstedt

ISBN: 978-3-744-894692

Rosa

So, seit gestern war es also offiziell: Ich würde ein Scheidungskind werden. Bei diesem Gedanken schossen mir sofort wilde Szenarien meiner Zukunft durch den Kopf. Was bedeutete es, ein Scheidungskind zu sein? Würde ich für immer psychisch gestört sein? Würde ich am Borderline-Syndrom leiden und mich ritzen wie Valerie Ziebell aus der 10.? Würde ich magersüchtig werden wie Annabelle von Diedrichsmeyer aus der 9a? Ich war die Erste in meinem engsten Freundeskreis, die nun ein Scheidungskind sein würde. Ich hatte einfach keine Erfahrungswerte aus erster Hand, auf die ich jetzt zurückgreifen konnte.

Meine Eltern hatten meinen Bruder und mich gestern in die Küche bestellt. Als wir sahen, dass es mitten in der Woche einen Sonntagsbraten mit allem Gedöns gab und die Rotweinflasche schon leer war, wurde mir schnell klar, dass man uns nun mitteilen würde, was ich bereits seit langer Zeit wusste, aber von dem ich immer noch hoffte, dass alles nur ein böser Traum war. So wie einer dieser Träume, bei denen man aus großer Höhe fällt und fällt und darauf wartet, mit einem Mal auf dem Boden zu zerschellen und dann im letzten Moment aufwacht und unendlich erleichtert ist. Das hier in der Küche war allerdings kein Traum, sondern die harte Realität. Das Gesicht meiner Mutter sah so gequält aus und sie konnte mir kaum in die Augen gucken. Mein Vater war übertrieben gefasst und überspielte seine Unsicherheit mit Witzen, die nicht - wie sonst - lustig waren.

>>Setzt euch doch bitte. Eure Mutter und ich… Wie ihr vielleicht schon bemerkt habt… Also, nach langen Gesprächen…<<

Mein Vater würgte sich einen ab, also fasste ich es für ihn zusammen:

>>Ihr trennt euch, weil Mama mit ihrem Kollegen vögelt.<<

>>Rosa! Spinnst du? Jörg und ich, wir haben uns in einander verliebt, ja, das stimmt.<<

Jörg war wie meine Mutter Lehrer. Und zwar einer von diesen sozialen Ökotypen. Ein Mädchen aus meiner Hockeymannschaft hatte bei ihm Unterricht. An ihrer Schule wussten längst alle, dass Frau Engel (meine Mutter) und Herr Stein (Jörg alias der Ökolover) ein Verhältnis miteinander hatten. Und da wir in einem spießigen Vorort von Berlin wohnten, wo jeder jeden über drei Ecken kannte, wurde ich auf einer Hockeyauswärtsfahrt unfreiwillig Zeuge eines Gesprächs zwischen Annemarie Keller und Karla Lat, die sich über *Mrs Angel* and *Mr Stone*, wie sie offensichtlich genannt wurden, das Maul zerrissen.

Ich sah meine Mutter verständnislos an.

>>Was denn? An eurer Schule wissen längst alle davon. Glaubt ihr echt, dass das in diesem Kaff noch nicht zu uns durchgedrungen ist?<<

>>Gut, es ist, wie es ist. Es tut uns leid, dass ihr es nicht zuerst von uns erfahren habt<<, gab mein Vater zum Besten.

Auf einmal hörte ich eine Art Grollen neben mir, das lauter und lauter wurde, bis ich hinübersah und in das knallrote Gesicht meines kleinen Bruders blickte. Seine Hautfarbe hatte sich der seines einsamen Pickels auf dem linken Nasenflügel angepasst und seine sich im Stimmbruch befindende Stimme überschlug sich, als es aus ihm herausbrach:

>>Papa, wie kannst du denn da so ruhig bleiben? Was ist denn mit dir los? Bist du irre? Seid ihr jetzt alle vollkommen bekloppt? Was geht denn hier ab? Das ist doch nicht normal!<<

Ups, an meinem Bruder war der Tratsch wohl vorbeigegangen. Kein Wunder, er verbrachte ja auch all seine Freizeit mit irgendwelchen Rollenspielen, die er mit seinen nicht minder nerdigen Freunden, Schrägstrich Freaks, bei irgendwem im Partykeller spielte.

Julius

Mein Wecker klingelte wie jeden Morgen. Wie jeden Morgen dachte ich im Halbschlaf darüber nach, welche Ausrede ich meiner Mutter auftischen konnte, damit ich nicht in die Schule gehen musste. Und dann irgendwo zwischen *Ich hab Bauchschmerzen*, *Wir haben erst zur Dritten* und *Ich glaub, ich hab Fieber* kamen die Erinnerungsfetzen an das gestrige Gespräch mit meinen Eltern in mein Bewusstsein zurück. In dem Moment kam mein Vater zur Tür herein. Er hatte schon seinen Anzug an und hielt eine Tasse Kaffee in der Hand. Die Tasse hatte ich für ihn in so einem Mutti-Kreativladen bemalt, als ich sechs war. Ich hatte mir besonders viel Mühe gegeben, weil meine Mutter mir einen dieser überdimensionalen Schoko-Cookies versprochen hatte, die unter einer Glasglocke auf dem Tresen in dem Laden standen. Malen zählte damals wie heute nicht zu meinen Talenten und da mir Frau Bley, meine Kunstlehrerin, nie überdimensionale Cookies anbot, habe ich mich seit der Tassenbemalung nie wieder wirklich malerisch ins Zeug gelegt, weshalb ich eine Vier in Kunst hatte. Könnte ich doch nur wieder sechs sein und eine ganz normale Familie haben; eine Mutter, die morgens zur Arbeit ging, nachmittags da war, wenn man aus dem Hort kam, mit einem Hausaufgaben machte, rummotzte, wenn man keine Lust auf Hausaufgaben hatte, einem ständig unerwünschte Küsschen aufdrückte und zum Judo fuhr; einen Vater, der früh zur Arbeit ging und spät nach Hause kam, aber trotzdem noch aus dem *Hobbit* vorlas; eine Schwester, die zwar oft gemein war, aber mit einem die tollsten Lego-Burgen baute, wenn man ihr dafür die Süßigkeitentüte vom letzten Kindergeburtstag gab. Ja, mit sechs war mein Leben noch in Ordnung.

>>Hey Großer. Ich wollte nur mal nach dir sehen. War ja doch ein ganz schöner Schock gestern, was?<<

Ein Schock? Das, was ich empfand, war mehr als ein Schock! Meine Mutter hatte Sex mit einem anderen Mann und das Schlimmste war, dass mein Vater nicht im Geringsten empört darüber zu sein schien. Wenn ich ihn so betrachtete, fand ich sogar, dass er lange nicht mehr so gut und entspannt ausgesehen hatte. Ich hatte fast den Eindruck, dass er erleichtert war.

>>Aber weißt du<<, fuhr er fort, >>für euch wird sich nicht viel ändern. Wir haben euch genauso lieb wie immer und Mama und ich bleiben die besten Freunde. Nur weil wir nicht mehr...<<

Mein Vater redete noch eine Weile so Elternratgeber-wie-erkläre-ich-meinem-Kind-dass-wir-uns-trennen-mäßig weiter, doch seine Stimme entfernte sich immer weiter von meinem Bewusstsein, bis sie zu einem Geblubber verschmolz und ich ihn erst wieder sagen hörte:

>>So, Großer, ich muss jetzt zur Arbeit, sonst ist die Stadtautobahn wieder dicht und ich stehe ewig im Stau. Los, ab unter die Dusche. Es ist schon Viertel nach sieben.<<

Auf dem Weg ins Bad begegnete ich meiner Schwester. Sie war zwei Jahre älter als ich und dachte, dass man sich mit fünfzehn schon schminken sollte wie eine, die auf dem Shoppingkanal Bauchwegunterwäsche verscherbelte. Mich erinnerte ihr Make-up an diesem Morgen eher an den Joker aus Batman, aber aus Erfahrung wusste ich, dass ich ihr Aussehen besser nicht kommentierte. Vor allem dann nicht, wenn ich bei der Mutter von Rosas Freundin im Auto mit zur Schule genommen werden wollte. Rosas Freundin Sarah war es auch, die mich die Ausreden, warum ich nicht zur Schule gehen konnte, vergessen ließ. Sie war meine einzige Motivation, mich in diese Drillanstalt zu begeben. Leider erwiderte sie meine Liebe (noch) nicht, aber ich arbeitete hart daran, dass sich das eines Tages ändern würde. Im Moment sah sie in mir eher einen niedlichen kleinen Jungen. Sie sprach mit mir, als wäre ich zehn und wurde nicht müde zu betonen, wie knuffig ich sei. Leider auf eine Art, wie man einen kleinen Hund knuffig fand, aber immerhin umarmte sie mich oft und gab mir sogar ab und zu einen Kuss auf die Wange.

>>Beeil dich, Lahmarsch!<<, riss es mich aus meinen süßen Tagträumen, >>Sarahs Mutter ist gleich da.<<

>>Chill mal, ich bin doch fertig.<<

>>Die Klamotten hattest du doch gestern schon an. Warum um alles in der Welt musst du eigentlich immer dieses T-Shirt mit dem Drachen drauf anhaben? Wo hast du das eigentlich her?<<

>>Das ist mein *Dungeons and Dragons* T-Shirt. Das hat mir Tobi aus England mitgebracht. Das ist ein original...<<

>>Ja, ja, whatever!<<, unterbrach mich Rosa und formte ein L aus Daumen und Zeigefinger und platzierte es auf ihrer Stirn. >>Komm jetzt.<<

Rosa

Ich war noch nie so froh, zur Schule zu gehen, wie an diesem Morgen. Endlich raus aus diesem Haus und weg von meinen Eltern, die beim Frühstück betont unverkrampft ihr freundschaftliches Verhältnis demonstrierten. Ich glaube, ich hatte sie noch nie so viel beim Frühstück miteinander reden hören. Widerlich! Warum trennten sie sich denn, wenn sie sich so toll verstanden? Sie konnten doch eine offene Ehe führen, so wie Dunjas Eltern.

>>Was sag ich denn jetzt eigentlich, wenn mich jemand fragt, warum ihr euch scheiden lasst?<<

>>Ach Schatz, das ist schwierig, in ein, zwei Sätze zu packen. Sag doch einfach, wir hatten unüberbrückbare Differenzen. Das geht ja im Detail auch niemanden etwas an.<<

Unüberbrückbare Differenzen? Was war das denn für ein Scheiß! Sagte das nicht Frauke Ladewig bei ihrer Promishow immer, wenn sich irgendwelche Hollywoodstars trennten? Bedeutete das, dass meine Mutter meinen Vater bald des Drogenkonsums beschuldigen und mein Vater meiner Mutter öffentlich ihre Affäre vorwerfen würde, so wie es bei *Brangelina* der Fall war? Würde aus unüberbrückbaren Differenzen bald ein riesiger Rosenkrieg werden? Ich sah mich schon bei Richter Alexander Held aus dem Fernsehen sitzen, der mich fragte, >>So, liebe Rosa, bei wem möchtest du wohnen? Bei deinem Vater oder bei deiner Mutter? Du musst das jetzt entscheiden, weil deine Eltern sich um dich streiten. Ihr freundschaftliches Verhältnis nach der Trennung war nur vorgespielt. Eigentlich hassen sie sich.<<

>>Gut, eigentlich wissen ja eh alle Bescheid, von daher wird mich wahrscheinlich keiner fragen.<<

>>Ach Mausi, es tut mir so leid.<< Die Stimme meiner Mutter fing an zu zittern und sie bekam diesen Gesichtsausdruck, den sie immer bekam, wenn sie gleich anfing zu heulen. Zum Glück hupte in dem Moment Sarahs Mutter vor der Tür, sodass ich dem Geheule meiner Mutter gerade noch entkommen konnte.

>>Hey, na, ihr beiden. Sarah hat mir erzählt, was bei euch los ist.<<

Sarahs Mutter lächelte uns aufmunternd an.

>>Schon gut Ursula. Können wir bitte über etwas anderes reden?<<

Sarah nahm meine Hand und drückte sie ganz fest. Wir verstanden uns ohne Worte. Das war schon seit dem Kindergarten so. Ich werde nie vergessen, wie sie das erste Mal in die Kita kam. Da waren wir beide fünf. Wir blickten uns in die Augen und waren seitdem unzertrennlich. Sarahs Eltern hatten ein wunderschönes liebevolles Verhältnis zueinander und bei ihnen zu Hause fühlte ich mich schon immer total wohl. Als ich fünf war, hinterfragte ich auch nie, warum Sarah zwei Mamas hatte und nur ganz selten ein Typ namens Günther sie abholte. Erst als wir in die Grundschule kamen und einige Kinder fragten, wie das sein könne, dass sie zwei Mamas habe und dass das nicht normal sei, erklärten mir Ursula und Jette, dass sie lesbisch seien und Günther zwar der leibliche Vater von Sarah war und sie ab und zu Zeit mit ihm verbrachte, aber dass Ursula und Jette eben die Eltern waren, die Sarah liebten und aufzogen.

Seitdem hatte nie wieder irgendjemand ein Wort über Sarahs Eltern verloren, obwohl die Leute in unserer Schule für alle möglichen vermeintlichen Besonderheiten geärgert wurden. Alexander Otto wurde z.B. *Teenage Mutant Ninja Turtle* genannt, nur weil er einen kleinen Buckel hatte; Nele Lehmann war auch unter dem Namen *Godzilla* bekannt, weil sie sehr groß war und sehr behaarte Beine hatte. Ich glaube, dass Sarah niemals wegen ihrer zwei Mütter aufgezogen wurde, weil sie einfach das größte Selbstbewusstsein hatte, das eine Fünfzehnjährige haben konnte. Wenn sie den Raum betrat, richteten sich alle Augen auf sie und sie schien sich in ihrer Haut so wohl zu fühlen, dass sie eine Schönheit ausstrahlte, die alle in ihren Bann zog. Dabei war sie noch nicht mal die Schönste, also objektiv gesehen. Ihr Po war im Verhältnis zum restlichen Körper etwas dick und ihre Beine waren nicht gerade die längsten. Einer ihrer vorderen Zähne stand schief in der Zahnreihe und an der Stirn hatte sie eine kleine Narbe, weil sie als Kind mal vom Wickeltisch gefallen war. Und trotzdem war sie das Mädchen mit der charismatischsten Ausstrahlung der ganzen Schule. Zum größten Teil lag das an ihrem Gesicht: Sie hatte wunderschöne große braune Augen mit Wimpern, die jedes Mascara-Model aus dem Fernsehen vor Neid erblassen lassen würden. Ihre Nase war klein und mit ihren hohen Wangenknochen und vollen Lippen hatte sie einen solchen Ausdruck, dass man sich nicht an ihr sattsehen konnte. Aber das Beste an Sarah war, dass sie ihr eigenes Äußeres kein Stück interessierte. Man merkte zwar, dass sie sich in ihrem Körper sehr wohlfühlte, aber sie war kein bisschen eingebildet und tat auch nichts dafür, ihre ohnehin schon vorhandenen Vorzüge noch zu betonen. Sie schminkte sich so gut wie nie (außer wenn uns mal langweilig war und ich sie als Schminkpuppe missbrauchte) und trug jeden Tag schlabberige Jeans, ein eng anliegendes Shirt und Turnschuhe. Ihre braunen Haare, die ihr bis über die Schultern reichten, trug sie immer ungestylt offen. Trotz dieses Looks wirkte sie unendlich weiblich, was auch den Jungs nicht verborgen blieb und sie bei ihr Schlange stehen ließ.

Ein weiterer Grund, warum sich, glaube ich, niemand mit ihr anlegte, war ihre extreme Redegewandtheit: Sie konnte einfach jeden an die Wand quatschen, hatte immer schlagkräftige Argumente und in ihrem Vokabular kamen regelmäßig Wörter vor, die ich erstmal googeln musste.

Die Tatsache, dass ich ihre beste Freundin war, obwohl alle mit ihr befreundet sein wollten, machte mich echt stolz und ein bisschen färbten ihr Selbstbewusstsein und ihre Lebensfreude auf mich ab.

In Momenten wie diesen, wenn sie einfach meine Hand nahm und sie drückte, war ich besonders froh, sie zu haben und wusste, dass ich das mit meinen Eltern schon irgendwie überleben würde.

Julius

Als ich gegen Ende des Schultages in Geschichte saß, was eigentlich mein Lieblingsfach war, konnte ich mich nicht wirklich konzentrieren, obwohl Herr Hörnig wieder alles gab, wie immer. Ich fragte mich, ob wir wohl in unserem Haus wohnen bleiben würden, ob ich bei Mama oder Papa leben würde oder ob sie uns aufteilten, so wie beim Car-Sharing. Heute sharete man doch alles: Autos, Ferienhäuser... Ich hatte mal eine Doku gesehen, in der Menschen ohne Geld lebten, nur durch Teilen von Gegenständen, Arbeitskraft und Lebensmitteln. Da passte Child-Sharing doch auch gut rein.

Auf einmal rammte mir Benno, der neben mir saß, seinen Ellenbogen in die Seite und ich hörte Herrn Hörnig ungeduldig meinen Namen sagen. Ich stotterte nur irgendeinen Blödsinn und Herr Hörnig ließ freundlicherweise von mir ab. Als es klingelte und ich gedankenverloren als Letzter meine Sachen zusammensuchte und den Klassenraum verlassen wollte, fing mich Herr Hörnig ab.

>>Äh, Julius, hast du mal 'ne Minute?<<

Das hatte mir ja noch gefehlt. Ich mochte Herrn Hörnig wirklich sehr, aber ich wollte einfach niemandem mein Herz ausschütten. Noch nicht. Und ich wusste, dass es bei Herrn Hönig schwierig werden würde, mich herauszureden.

>>Ich hab's eilig, ich muss zur Turnhalle und mich noch umziehen.<<

>>Wieso? Herr Rezat ist doch krank. Sport fällt aus. Was ist los? Du bist ja gar nicht du selbst heute. Hast du

Kummer? Du weißt, dass du immer mit mir reden kannst. Ich hab jetzt Schluss und ein offenes Ohr.<<

Na toll! Vielleicht sollte ich es versuchen. Ich wusste nicht, ob Herr Hörnig verheiratet war, aber er war erwachsen und hatte vielleicht ein paar Antworten parat. Als ich meinen Mund öffnete, um zu sprechen, hatte ich auf einmal einen solchen Kloß im Hals, dass ich nichts sagen konnte. Stattdessen kamen mir die Tränen. Scheiße! Ich wollte echt nicht vor meinem Lehrer flennen! Die Tür war offen und im Flur hörte ich irgendwelche Schüler das Flaschenspiel spielen, bei dem man eine Flasche so werfen musste, dass sie möglichst aufrecht stehend aufkam und stehen blieb. Gelang das, gab es lautes Jubelgeschrei, als hätte jemand bei den Olympischen Spielen Gold geholt. Genauso ein Jubelgeschrei ertönte ironischerweise, als mir die Tränen runterliefen und ich alles dafür gegeben hätte, einfach im Erdboden zu versinken. Herr Hörnig schloss die Tür und sah mich besorgt an.

>>Meine Eltern lassen sich scheiden<<, brach es aus mir heraus. >>Deshalb konnte ich mich heute nicht konzentrieren. Es tut mir leid.<<

>>Erstens: Scheiß auf die Unterrichtsstunde. Du hast nichts verpasst. Außer vielleicht, warum die fehlgeschlagene Deutsche Revolution 1848 dazu führte, dass Hitler 85 Jahre später an die Macht kommen konnte. Zweitens: Das Leben ist manchmal ganz schön beschissen und du scheinst gerade in genauso einer beschissenen Phase zu stecken. Also, du brauchst dich nicht zu entschuldigen,

erzähl' mir einfach, was dich bewegt. Man sagt, ich sei ein guter Zuhörer.<<

Deshalb war Herr Hörnig mein Lieblingslehrer. Er war so menschlich und man hatte immer das Gefühl, dass er uns Schüler wirklich sah. Immer, wenn es drohte, doch mal langweilig zu werden, hatte er einen Scherz auf Lager, sodass alle wieder bei der Sache waren. Ich erzählte ihm alles, was ich über die Trennung wusste und alles, was ich gerne wissen wollte, aber bei dem ich noch im Dunkeln tappte.

Er hörte einfach nur zu und sagte nicht viel. Komischerweise ging es mir schlagartig besser und der Kloß in meinem Hals löste sich auf. Zum Schluss sagte er einfach nur, >>Ich danke dir für deine Offenheit. Ich finde, dass du dich in dieser Krisensituation wirklich tapfer schlägst. Ich werde meine nächste Unterrichtsstunde in deiner Klasse so sensationell vorbereiten, dass du deine Sorgen für 45 Minuten vergessen wirst. Das verspreche ich dir. Wenn mir das nicht gelingt, hast du einmal Hausaufgabenvergessen bei mir gut.<<

Mein Herz fühlte sich auf einmal so leicht an und ich wollte ihm eigentlich danken, aber ging einfach wortlos zur Tür hinaus. Ich fragte mich, was er wohl für eine Familie hatte. Er hatte noch nie irgendetwas von einer Frau oder Kindern erzählt, aber so ein herzlicher Mensch musste doch eine tolle Familie haben, schließlich war er schon Mitte dreißig. Das wusste ich, weil er erst letzte Woche Geburtstag und Frau Bley ihm einen Kuchen mit einer 35 drauf gebracht hatte. Einige Schüler munkelten, dass Herr Hönig was mit Frau Bley habe, aber die hatte doch einen Mann und zwei kleine Kinder. Von denen erzählte sie ständig und in ihrem Klassenraum hingen Bilder, die ihre Kinder gemalt hatten. Die beiden hingen aber schon auffällig viel miteinander rum und fuhren angeblich immer gemeinsam auf Klassenfahrt. Wenn ich da an meine Mutter und Jörg dachte, war wohl alles möglich.

Als ich zur Bushaltestelle kam, standen dort bereits Sarah und meine Schwester.

>>Komm her, Schnullifurz, lass dich mal drücken!<<, sagte Sarah und umarmte mich. Einige Jungs aus meiner Parallelklasse guckten mich neidisch an.

Rosa

Als wir nach Hause kamen, war Mama zum Glück noch nicht da. Auf dem Küchentisch lag ein Zettel mit der Information: >>Im Kühlschrank ist noch Quinoasalat. Könnt ihr aufessen ☺.<<

>>Na toll, den Diätfraß kann sie alleine essen. Nach dem heutigen Tag brauch ich ´was Fettes und Leckeres.<< Mein Bruder brachte es auf den Punkt. >>Auf jeden! Nur weil sie grad wieder ihren Low-Carb-Trip fährt, müssen wir da noch lange nicht mitmachen. Wir sind schließlich nicht zu fett.<<

Meine Mutter war, seit ich denken konnte, immer auf irgendeiner Diät. Von Paleo, wo man frisst wie ein Steinzeitmensch, über makrobiotisch, ayurvedisch, fdH, Arkins, North-Beach, Weight Trimmers oder Birgit-Diät. Zurzeit war es Low-Carb. Das hieß: nichts Süßes, keine Nudeln, keine Kartoffeln, keinen Reis, sprich alles, was lecker war, war verboten. Das Merkwürdige daran war, dass sie anstatt dünner zu werden, eigentlich immer dicker wurde. Egal welche Diät sie gerade machte, sie schien jedes Jahr ein paar Kilo mehr zu wiegen. Das zeigte mir, dass Diäten offensichtlich das Gegenteil von dem bewirkten, was sie eigentlich sollten. Das begriff meine Mutter aber irgendwie nicht. Eines Morgens, als ich gerade ins Bad kam, hielt sie die Waage in der Hand und suchte mit ihrem Fuß nach unebenen Stellen im Boden, weil sie meinte, dass die Anzeige auf der Waage nicht stimmen könne und das wohl an Unebenheiten im Fußboden liegen müsse. Davon war sie wirklich überzeugt. Als ich sie auslachte, sagte sie: >>Hier probier' es doch selber aus. Stell dich drauf.<<

Da ich nicht wirklich wusste, wieviel ich eigentlich wog, war das ein ziemlich unsinniger Versuch, aber ich machte ihr bierernst weis: >>61,3 kg. Genauso viel wie gestern.<<

Sie wirkte daraufhin so verzweifelt, dass sie mir schon fast leidtat. Meine Mutter sah, fand ich, für ihr Alter von 42 Jahren ziemlich gut aus. Ok, sie war ein bisschen dick, aber irgendwie passte das zu ihr und ihr Speck verteilte sich auch ganz gut über den Körper. Ihr Gesicht sah auch noch recht jung aus. Sie meinte, dass der einzige Vorteil vom Dicksein sei, dass man nicht so viele Falten habe, weil alles gut unterfüttert sei. Was ich an meiner Mutter aber am meisten liebte, das war ihr Geruch. Meine Mutter roch immer irgendwie süß und vertraut. Meine erste Kindheitserinnerung war, wie ich mich morgens im Bett an sie kuschelte und ihre langen Haare mein Gesicht bedeckten. Jetzt verband ich diese Erinnerung mit vollkommener Geborgenheit. An meine Mutter gekuschelt war ich das glücklichste Kind auf der ganzen Welt. Manchmal machten wir das auch heute noch. Wenn ich darüber nachdachte, dass sie mit Jörg kuschelte, fühlte sich das an, als ob mir jemand mit einer Nadel direkt ins Herz stach. Hatte der Idiot keine eigene Familie, mit der er kuscheln konnte? Musste er mir meine Mutter wegnehmen?

>>Im Gefrierer sind noch Fischstäbchen mit Pommes<<, ertönte die quietschende Stimme meines Bruders. Wir

nutzten die Gelegenheit, schoben herrlich ungesunde Fischstäbchen und Pommes in den Ofen und hauten uns vor die Glotze, zogen uns irgendeinen Reality-Mist rein und versuchten, unsere eigene Reality zu verdrängen. Das klappte auch ganz gut, bis meine Mutter zur Tür hereinkam.

>>Hmm, das riecht ja gut. Ist noch was übrig? Nach dem heutigen Tag brauche ich unbedingt ein paar ordentliche Kohlenhydrate.<<

>>Nein, aber da wäre noch Quinoasalat im Kühlschrank<<, erwiderte ich mit leicht ironischem Unterton.

>>Ach ja.<< Sie verzog das Gesicht und lief widerwillig zum Kühlschrank. Sie setzte sich zu uns aufs Sofa und stocherte in ihrem Salat herum.

>>Na, ist Kevin sauer, weil Justin mit der Cousine von Janice geknutscht hat und er deshalb den Job im Sonnenstudio verloren hat?<<

Wenn ich nicht so sauer auf meine Mutter gewesen wäre, hätte ich ihren Kommentar zu *Berlin – 24/7* bestimmt lustig gefunden, aber so antwortete ich bissig: >>Ja, das Fremdknutschen kommt mir irgendwie bekannt vor.<<

Bam, der hatte gesessen. Der Gesichtsausdruck meiner Mutter drückte eine Mischung aus Enttäuschung, Scham und Traurigkeit aus. Gut so, sollte sie doch leiden. Wir litten schließlich auch. Sie stand wortlos auf und ging ins Bad.

>>Musste das sein? Für Mama ist das Ganze doch auch nicht so einfach<<, verteidigte Julius meine untreue Mutter.

>>Das ist mir doch scheißegal! Sie ist doch selber Schuld an dem ganzen Schlamassel. Tut sie dir etwa leid? Lass dich doch gleich von Jörg adoptieren und mach einen auf Happy Family, Klappe die Zweite.<<

>>Mein Gott, warum musst du immer gleich so übertreiben, du Dramaqueen? Ich mein ja nur, dass es jetzt auch nichts bringt, Mama ständig runterzumachen. Ich find's auch nicht toll mit dem Typen, aber Herr Hörnig hat mir heute erklärt, dass das nicht so einfach ist, eine lange und glückliche Ehe...<<

>>Du hast mit Herrn Hörnig darüber gesprochen? Hast du 'nen Knall? Lass es doch gleich an den Vertretungsplan schreiben: Meine Mutter hat 'nen neuen Typen und ihr ist es scheißegal, was aus uns wird<<, unterbrach ich ihn entsetzt.

>>Boa, ey, Rosa, mit dir kann man ja gar nicht reden! Chill mal! Ich würde einfach gerne mal wissen, wie es jetzt weitergeht. Bleiben wir hier wohnen? Wer zieht aus und wohin? Zieht Mama mit Jörg zusammen? Wie sollen wir das besprechen, wenn du Mama immer gleich vergraulst?<<

In dem Moment kam Mama aus dem Bad. Ihre Augen waren geschwollen und ihre Wimperntusche total verschmiert.

>>Papa und ich haben uns überlegt, wie wir die Situation am einfachsten und in eurem Sinne am besten gestalten

können. Uns kam die Idee, dass Papa in Omas Wohnung ziehen könnte. Wenn Oma aus der Reha entlassen wird, wird sie ohnehin Hilfe brauchen und ich dachte mir, dass sie doch bei uns wohnen könnte. Wir müssten die kleine Einliegerwohnung im Keller natürlich ein bisschen renovieren und gemütlich für sie machen, aber dann wäre sie sogar behindertengerecht.<<

Hm, Mamas Idee hörte sich in der Tat gar nicht so schlecht an. Omas Wohnung war in der Parallelstraße, circa fünf Minuten zu Fuß von unserem Haus entfernt. Als Opa vor ein paar Jahren gestorben war, hatten Mama und Papa sie in unsere Nähe geholt, weil sie Angst hatten, dass sie nun total vereinsamen würde. Vor zwei Monaten erlitt meine Oma dann einen Schlaganfall und konnte die linke Seite ihres Körpers nicht mehr bewegen. Mama hatte sie zum Glück relativ kurz, nachdem es passiert war, in ihrer Wohnung gefunden und schnell den Krankenwagen gerufen. Die Ärzte meinten, dass es großes Glück gewesen wäre, dass Mama sie so schnell gefunden hatte. Sonst hätte sie es wahrscheinlich nicht überlebt. Mittlerweile war sie in der Reha und lernte, ihren Körper wieder vollständig bewegen zu können, aber bei meinen Besuchen fiel mir immer wieder auf, dass der Schlaganfall sie plötzlich um zehn Jahre hatte altern lassen. Ihre Haare waren jetzt fast weiß und sie war total abgemagert. Der Gedanke, dass sie so alleine in ihre Wohnung zurück sollte, gefiel mir nie, sodass ich die Idee, Oma zu uns zu holen, super fand.

Meinen Gefallen an dieser Wohnungstauschidee wollte ich meine Mutter aber nicht so schnell spüren lassen und blaffte stattdessen: >>Und Jörg zieht dann auch hier ein oder wie?<<

>>Nein. Jörg und ich werden nicht zusammenziehen. Auch wenn wir zusammen sind, heißt das nicht, dass er jetzt versuchen wird, Papas Rolle einzunehmen. Er wohnt in Berlin und da wird er auch bleiben. Er ist ja auch nicht nur für sich selbst verantwortlich und kann und will jetzt nicht alle Zelte abreißen.<<

Ich wusste zwar nicht, wen sie meinte, denn Annemarie hatte mir, tratschwütig wie sie war, sofort gesteckt, dass er kinderloser Junggeselle sei, aber ich unterließ es, nachzufragen.

Julius

Am Wochenende ging ich mit Papa in den Baumarkt und wir kauften Farbe, um Omas Wohnung zu renovieren. Ein paar Freunde von Papa kamen mit einem Transporter und wir verluden Omas Sachen und Möbel und schafften sie bei uns in den Keller. Sie brachten außerdem ein paar Kästen Bier mit und irgendwie waren alle in Partylaune. Keiner sah Papa mitleidig an und sagte: >>Das wird schon. Du findest auch bald eine gute Frau, die für dich sorgen wird.<<

Nein, im Gegenteil: Moritz, Papas bester Freund, klopfte Papa anerkennend auf die Schulter und sagte freudestrahlend: >>Geil, Alter, das wird wie damals in deiner Junggesellenbude.<<

Er sog einmal tief Luft ein und prostete zu Papa, >>Auf die Freiheit!<<

Papa warf ihm zwar einen kritischen Blick zu und deutete dann mit den Augen auf mich, aber irgendwie lächelte er trotzdem. Obwohl er seine Mundwinkel nicht zu einem Lächeln hochzog, lachten seine Augen. Ich konnte mir sein Verhalten nur so erklären, dass er offensichtlich noch unter Schock stand. Bei dem Erste-Hilfe-Kurs, den Frau Michalski, meine Klassenlehrerin, zum Unmut der ganzen Klasse statt eines Wandertages für uns organisiert hatte, lernten wir, dass sich Menschen im Schockzustand unmittelbar nach einem traumatischen Erlebnis scheinbar völlig unbeeindruckt vom Geschehen zeigten und zum Beispiel weiterliefen, obwohl ihnen durch einen Unfall Gliedmaßen abgetrennt worden waren. Der

Schock wäre dazu da, den Schmerz zu unterdrücken, der sonst unerträglich wäre. Wahrscheinlich war Papas Trennungsschmerz von Mama so groß, dass sein Gehirn ihn unterdrückte, damit er nicht wahnsinnig wurde. Normal war das jedenfalls nicht.

Mein Vater war jetzt 45 und seine eigentlich braunen Haare wurden an den Seiten zunehmend grau und auch sein Bart hatte ein paar graue Stellen. Um seine Augen gruben sich ein paar Falten, die sich zusammenrunzelten, wenn er lachte, und deren Furchen im Sommer immer weiß blieben. Im Gegensatz zu meiner Mutter, die eher eine Couchpotatoe war, gehörte mein Vater zu diesen aktiven Outdoortypen. Wenn meine Mutter an den langen Wochenenden im Frühjahr mal wieder Klausuren korrigieren musste, gingen Rosa und ich mit Papa zelten, machten Lagerfeuer, Kanu- und Fahrradtouren, gingen klettern und Papa zeigte uns alles, was er über das Überleben in der Wildnis wusste. Als er Student war, hatte er an Survivaltrips teilgenommen, bei denen man mit einem ausgebildeten Guide irgendwo in der Wildnis ausgesetzt wurde und ohne viele Hilfsmittel eine Woche überleben musste. Außerdem ging er mindestens drei Mal in der Woche joggen. Mama meinte, dass er sich nur spüre, wenn er an seine körperlichen Grenzen komme. Sie meinte auch, dass sie das nicht brauche, weil sie als voll arbeitende Mutter von zwei Kindern täglich an ihre Grenzen komme und deshalb keine künstlich zugeführten Nahtoderfahrungen nötig habe. Darum sollte die

Behausung in unseren Familienurlauben immer ein festes Dach und außerdem einen Geschirrspüler haben.

In diesem Moment wurde mir klar, dass es Familienurlaube ja gar nicht mehr geben würde, dass es unsere Familie, so wie ich sie kannte, nicht mehr gab. Der Kloß in meinem Hals, den Herr Hörnig weggezaubert hatte, war schlagartig wieder da. Ich wünschte, ich wäre in dem gleichen Schockzustand wie mein Vater und würde den Schmerz, der sich anfühlte, als würde jemand mit seinem fetten Arsch auf meinem Brustkorb sitzen und mir die Luft wegquetschen, nicht spüren. Als ich gerade dachte, ich würde ersticken, packte mich Moritz von hinten an den Schultern, nahm mich in den Schwitzkasten und rubbelte den Knöchel seines Mittelfingers auf meinen Kopf.

>>Gib dem Julchen hier mal noch ´n paar Jahre und dann zieht er mit uns um die Häuser<<, grölte Moritz und drückte mich ganz fest an sich. Ich nutzte die Gelegenheit und vergrub mein Gesicht für einen ganz kurzen Moment in seinem Pullover und war erleichtert, dass so niemand mitbekam, dass mir schon wieder die Tränen kamen. Als mich Moritz dann noch durchkitzelte, musste ich zum Glück lachen und Papa, offensichtlich angesteckt von Moritz' Wir-sind-Männer-unter-uns-Gequatsche, schlug vor, heute Abend einen *Herr der Ringe* DVD-Marathon zu starten.

Rosa

Am Wochenende stattete ich meiner Oma endlich mal wieder einen Besuch ab, welche unser Chaos zu Hause gewohnt schnodderig kommentierte.

>>Mein Jott, da is man ma´n paar Wochen ne da und de Bagage steht Kopp. Also, ick hab dit kommen sehn. Röschen, dene Eltern machen Sachen, do! Ja, ja, dit is, weil se heute alle nur noch an sich denken. Zum Jlück muss men Dietmar dit nich mehr mitkriejen. Jetobt hätte der, jetobt. Den Kopp jewaschen hätt er dener Mutter<<, schnaubte meine Oma und hob mahnend ihren knöcherigen Zeigefinger.

>>Das einzig Gute daran ist, dass du jetzt zu uns ziehst, Oma. Was macht denn deine Hand? Kannst du schon alle Finger wieder kontrollieren?<<, versuchte ich galant das Thema zu wechseln.

>>Ja, ja, dit jeht schon wieder jans jut. Die quäl´n mich hier ja och´n janzen Tach. Erjo, Physio, sojar schwimmen muss ick.<<

>>Wann darfst du denn raus hier? Haben die Ärzte schon was gesagt?<<

>>Na, se woll´n mich noch´n paar Wochen führ´n letzten Schliff hierbehalten, aber denn hab ick och de Schauze voll, do, did sag ick dir.<<

Das restliche Wochenende verbrachte ich bei Sarah. Am Sonntag hatten wir ein wichtiges Hockeyspiel gegen unseren Konkurrenzverein Nr.1. Bei diesem Spiel kam mir die Wut gegenüber meiner Mutter sehr gelegen. Ich war so geladen, dass ich vor Energie nur so strotzte und die Anweisung meiner Trainerin nach dem letzten Spiel, ich solle weniger luschig und etwas aggressiver angreifen, konnte ich mit Leichtigkeit in die Tat umsetzten. Wir kassierten zwar einen Siebenmeter, weil ich in meinem Übermut eine Gegenspielerin foulte, aber dafür schoss ich auch ein Tor und bereitete zwei weitere vor, sodass wir am Ende als Sieger vom Platz gingen und die blöden Kühe vom ZHC ziemlich dumm aus der Wäsche guckten.

Die restliche Zeit des Wochenendes verbrachten wir unter anderem damit, den Chatverlauf zwischen Sarah und Leon auszuwerten. Leon ging in die 10. Klasse und war der so ziemlich coolste Typ der Schule. Er war groß wie ein Baum, hatte dunkelblonde Haare und war Kapitän der Schulbasketballmannschaft. Wie viele andere auch war er hinter Sarah her und hatte sie letztes Wochenende auf der Geburtstagsparty von Leandra Süßmann zum ersten Mal angequatscht. An diesem Abend war er ziemlich betrunken und hatte hauptsächlich dummes Zeug gelabert. Dann war er jedoch irgendwie an ihre Nummer gekommen und so schrieben sie sich seit diesem Abend täglich Nachrichten.

>>Hm. Meine Fresse, der schwafelt ja ganz schön. Außerdem macht der voll viele Schreibfehler.<<

Sarah musste lachen. >>Keine Ahnung. Aber, guck mal, das ist doch schon ganz süß, oder?<<

Sarah! Was muss ich tun damit du dich mal alleine mit mir trifst? Egal was es is ich mache es: ich schreib dir ein lied, ich koche dir was, ich färbe mir meine hhare. NUR EIN DATE!

>>Was meinst du, soll ich mich mal mit ihm treffen?<<
>>Keine Ahnung, klar! Wie findest du ihn denn? Am Samstag hat er echt ziemlich dämlichen Scheiß geredet. Und schreiben kann er halt nicht, aber vielleicht hat er ja andere Qualitäten.<<
Wir mussten wieder lachen.
>>Naja, er sieht schon echt mega aus. Und seine Nachrichten find ich auch ganz süß. Da ist er voll anders, nicht so cool wie, wenn er mit seinen Freunden zusammen ist.<<
>>Mach's doch einfach. Denk nicht so viel nach.<<
>>Ok.<<
Sarah zog ihre Augenbrauen hoch und stieß einen leisen, aber schrillen Schrei aus. >>Ich schreib ihm jetzt.<<

Ok. Eine Ballade, Spaghetti Bolognese, platinblond. Wenn du mit allem fertig bist, kannst du mich vom Training abholen.

Wird erledigt. Wann trainierst du das nächste mal?

>>Shit, er hat schon geantwortet!<<
>>Na, der hat's eilig, würd ich sagen.<<

Sarah reichte mir ihr Telefon. Ich freute mich echt für sie. Aber ich hatte auch Angst, weil ich spürte, dass Leon sich zwischen uns drängte. Wie würde das sein, wenn Sarah einen Freund hatte? Sie hätte nicht mehr so viel Zeit und ich dachte, dass ich es nicht ertragen könnte, wenn noch ein Mann, mir einen geliebten Menschen streitig machen würde. Aber Sarah wäre nicht Sarah, wenn sie nicht genau in diesem Augenblick meine Gedanken lesen konnte.

>>Ach, Rosa, kommst du mit? Wie soll ich das ohne dich durchstehen? Du bist doch mein rosa Engel! Jungs sind doch irgendwie eh strange!<<

Ich liebte sie für diese Worte.

>>Sorry, Sarah, da musst du alleine durch. Bisschen knutschen wär schon geil. Also, zieh es endlich durch und sag mir, ob sich der ganze Stress lohnt. Und falls dich die fiese Rechtschreibung irgendwann abturnt, könnt ihr ja auf Voicemail umsteigen.<<

Wir lachten uns halb tot und Sarah zückte ihr Handy, um Leon zu antworten.

Julius

Montags fiel es mir - im Gegensatz zu den meisten anderen Tagen der Woche - nicht schwer aufzustehen, um zur Schule zu gehen. Denn montags fand nach der Schule die *Dungeons and Dragons* AG statt, die Herr Hörnig leitete. *Dangeons and Dragons* ist ein Rollenspiel, bei dem jeder Spieler einen eigenen Fantasy-Charakter entwickelt, mit dem er dann Abenteuer bestreitet, die vom Spielleiter, dem sogenannten Dungeon Master, geleitet werden. Herr Hörnig war ein grandioser Dungeon Master, denn er hatte superkreative Ideen und leitete uns durch die fantastischsten Abenteuer, die man sich vorstellen konnte. In der AG waren außer mir nur noch fünf weitere Jungen. Mit dreien von ihnen, Adam, Benno und Tobi, und Tobis jüngerem Bruder hatte ich auch noch eine außerschulische *D&D*-Gruppe. Wir trafen uns hauptsächlich an den Wochenenden, um zu spielen. Das tolle an diesem Spiel war, dass man hier die Chance hatte, nicht man selbst zu sein. Man konnte sich einfach einen Charakter ausdenken, der die Fähigkeiten besaß, die man selbst gerne hätte. Man konnte sich in Welten bewegen, in denen nicht die Regeln galten, die man in seinem wahren Leben verabscheute. Man musste miteinander kommunizieren, aber man musste sich nichts aus seinem Leben erzählen. Man konnte der Realität entfliehen, einfach viel Spaß haben und seiner Fantasie freien Lauf lassen. Gerade jetzt im Moment war das für mich verlockender denn je. Wir trafen uns immer bei Benno im Partykeller seiner Eltern. In diesem stand ein riesengroßer Tisch, der perfekt geeignet war, weil er genügend Platz für alle Figuren, Karten und Regelwerke bot. Bennos Mutter tat auch alles dafür, dass wir uns bei ihr wohlfühlten, denn sie gehörte zu der Kategorie von Müttern, die meine Mutter als *Helikoptermutter* bezeichnete. Sie war extrem ängstlich und ließ Benno so gut wie gar nicht alleine vor die Tür. Sie brachte ihn jeden Morgen zur Schule und holte ihn jeden Nachmittag ab. Wenn er im Sommer mit uns ins Freibad ging, platzierte sie sich in einiger Entfernung von uns auf einem Handtuch und passte auf, dass Benno sich eincremte und sein Cappy trug, damit er keinen Sonnenstich bekam. Für sie war es also ein Segen, dass wir uns immer bei ihr zu Hause trafen und so tat sie alles dafür, dass das auch so blieb. Sie versorgte uns mit allerlei vitaminreicher und wirklich köstlicher Nahrung und frischgepresstem Orangensaft. Wenn wir das alles brav gegessen und getrunken hatten, gab es auch mal ein Eis und wenn sie besonders gut drauf war, bekamen wir sogar Cola. Normal war das zwar nicht, aber es kam uns irgendwie zugute.

An diesem Montag tauchte mitten im Schuljahr ein Junge in der AG auf, der in meine Parallelklasse ging. Er hieß Vincent, war aber allgemein unter dem Spitznamen Vinnie bekannt und mir schon oft im Schulhaus aufgefallen; entweder weil er mich oder jemand anderes angerempelt, eine Auseinandersetzung mit einem Lehrer hatte oder durch die Sprechanlage zur Schulleitung zitiert wurde.

Vinnie war groß, hellblond und sehr stabil gebaut. Herr Lißke brachte ihn zu uns und unterhielt sich kurz mit Herrn Hörnig. Herr Lißke leitete die Lego-Robotiks-AG. Dazu muss man wissen, dass es an unserer Schule Pflicht war, eine AG zu besuchen. Die sogenannte Schulklimagruppe, bestehend aus überengagierten Eltern, Schülern und Lehrern, die es sich, wie sie nicht müde wurde zu betonen, zum Ziel gesetzt hatte, eine höhere   Identifikation der Schüler mit der Schule zu erreichen, war für diesen Streich verantwortlich.

Herr Lißke erzählte Herrn Hörnig in gedämpftem Ton von seinem Anliegen:

>>Er baut wirklich beeindruckende Roboter aus Lego. Das Problem ist nur, dass seine Roboter den einzigen Zweck haben, die Konstrukte der anderen zu zerstören. Er baut fantastische Kampfmaschinen, aber die anderen Schüler verzweifeln, wenn ihr Roboter nach wochenlanger Arbeit von Vincents zerstört wird. Der ist irgendwie nicht ganz normal. Kannst du ihn nicht bei dir unterbringen? Ihr habt doch zum Teil auch eher destruktive Charaktere in euren Rollenspielen, oder?<<

Herr Hörnig, der ein Herz für alle Außenseiter zu haben schien, erwiderte gewohnt gutmütig:

>>Ja, lass ihn hier. Wir kommen schon mit ihm klar. Wissenschaftliche Studien haben bewiesen, dass Rollenspiele wie *D&D* die sozialen Kompetenzen stärken und konstruktives Verhalten fördern. Den bringen wir schon in die Spur.<<

Herr Lißke zischte erleichtert ab und Vinnie setzte sich widerwillig neben mich und sah sich um.

>>Na toll! Ist das das Nerdzentrum des Universums oder was? Was ist das denn für eine Freakshow hier?<<

>>Na da bist du ja genau richtig, Vinnie. Willkommen im Dungeon<<, konterte Herr Hörnig mit ironischem Unterton. >>Guck erstmal zu und versuch die Regeln nachzuvollziehen.<<

>>Oh Mann, ich hab echt keinen Bock auf so'n Nerdscheiß. Ich glaub, ich geh' zur Volleyball AG.<<

>>Die ist voll. Setz dich hin und halt die Klappe!<<

Herr Hörnig konnte auch sehr direkt sein, wenn es sein musste.

Am Ende der AG-Stunde gab Herr Hörnig Vinnie einen Charakterbogen mit der Aufgabe, bis zum nächsten Mal Ideen für einen Charakter zu entwickeln, den es so in der Runde noch nicht gab und der Qualitäten haben musste, die das ganze Team voranbrachten. Vinnie rollte mit den Augen, schwang sich seinen Rucksack auf den Rücken und stürmte - mehrere Schüler anrempelnd - aus dem Raum.

Rosa

Zu Hause machte ich mich nach der Schule daran, endlich ein geeignetes Thema für meine Facharbeit zu finden. In der neunten Klasse musste jeder Schüler eine solche verfassen. So sollten wir laut Frau Kern >ans wissenschaftliche Arbeiten herangeführt werden<. Das hieß, jeder suchte sich ein Thema seiner Wahl, über das er dann unter der Verwendung von unterschiedlichen Quellen eine zehnseitige Arbeit schrieb. Da die wenigsten von uns irgendeine Ahnung hatten, worüber sie schreiben sollten, geschweige denn wie man das genau machte, florierte der Handel mit gelungenen Exemplaren solcher Facharbeiten. Natürlich konnte man keine Arbeit von Mitschülern der eigenen Schule kaufen, das würde auffliegen. Aus dem Netz konnte man auch nichts nehmen, weil unsere Schule seit diesem Schuljahr eine Plagiatssoftware hatte, die unsere Arbeiten mit Texten aus dem Internet abglich und entlarvte. Blieb also nur der Kauf einer Arbeit von Schülern anderer Schulen. Da ich allerdings spät dran war, waren mir meine Mitschüler schon zuvorgekommen und hatten mir die guten Arbeiten von Schülern des Gymnasiums nicht weit entfernt von unserem bereits vor der Nase weggeschnappt. Das, was noch übrig war, war entweder sehr schlecht oder thematisch zu weit von dem entfernt, was mich interessierte, sodass es ziemlich unglaubwürdig gewesen wäre, dass ich eine solche Arbeit schrieb. Das hätte mir kein Lehrer abgenommen. Also haute ich mich mit meinem Tablet auf die Couch und surfte ein wenig nach potentiellen Themen, als meine Mutter nach Hause kam.

>>Hi Schatz. Na, was machste?<<

>>Hm.<<

Ich hatte echt immer noch keinen Bock mit ihr zu reden und so zu tun, als sei alles in Ordnung.

>>Rosa! Willst du mich jetzt auf ewig wie Luft behandeln? Ich weiß, ich hab verkackt, aber ich bin eben auch nur ein Mensch. Das mit Papa und mir, das hätte früher oder später ohnehin nicht mehr funktioniert. Auch ohne Jörg. Wir...<<

>>Ich suche ein Thema für meine Facharbeit.<<

Bevor sie mich hier weiter von ihren Befindlichkeiten volltextete, biss ich lieber in den sauren Apfel und redete über Schulthemen.

>>Und was schwebt dir vor?<<

>>Das weiß ich ja eben nicht.<<

>>Hast du denn schon einen Lehrer, der dich betreut? Davon hängt schließlich ab, welche Themengebiete in Frage kommen.<<

Ach ne, als wenn ich das nicht wüsste.

>>Frau Bley betreut mich. Die unterrichtet Kunst, Deutsch und LER. Sie hat gesagt, ich soll ein Thema nehmen, was mich wirklich interessiert und dass wir den Fachbezug dann schon hinbekommen würden.<<

>>Ok. Dann überleg doch mal, was dich im Moment total aufregt oder stört. Also ich meine, außer dass deine Mutter dein Universum zerstört hat, weil sie sich total

egoistischerweise in einen anderen Mann als deinen Vater verliebt hat.<<

>>Mann Mama, musst du wieder davon anfangen?<<

>>Sorry. Du weißt, was ich meine. Was regt dich auf in der Welt? Was verstehst du nicht? Welchem Phänomen würdest du gerne auf den Grund gehen?<<

>>Hm. Zum Beispiel, warum in so vielen Teilen dieser Welt Krieg herrscht, warum die Leute, denen, die bei uns Schutz vor Krieg suchen, so feindselig gegenüberstehen. Keine Ahnung, wie sich jemand fühlt, der hier ankommt und dann so auf Ablehnung à la Pegida stößt.<<

>>Na, das ist doch was, da kannst du doch was draus machen. Ich weiß, das willst du jetzt wieder nicht hören, aber bei dem, was du als Letztes genannt hast, könnte dir Jörg vielleicht helfen.<<

Sie hatte Recht. Das wollte ich nicht hören.

>>Wieso Jörg?<<, fragte ich trotzdem und bereute es im gleichen Augenblick schon wieder.

>>Na Jörg engagiert sich ganz stark in der Flüchtlingshilfe. Vor drei Monaten hat er einen minderjährigen Geflüchteten aus Syrien bei sich aufgenommen und fungiert als sein Vormund.<<

>>Aha<<, brachte ich skeptisch hervor. Na toll, jetzt war Jörg auch noch so ein Gutmensch. Ich wollte ihn doch eigentlich hassen. Aber das war ja wieder mal klar, dass er mir nicht mal den Gefallen tun konnte, ein Arschloch zu sein.

>>Ja, und was ist das für'n Typ?<<

>>Er heißt Fadi und ist sechzehn. Er ist vor einem Jahr allein nach Deutschland gekommen und hat eine ziemlich heftige Odyssee hinter sich. Er ist echt ein total beeindruckender junger Mann. Er spricht schon supergut Deutsch und geht auf eine Sekundarschule in Berlin.<<

>>Hm. Ok, ich guck mal noch ein bisschen weiter, aber danke.<<

Julius

Eine Woche später polterte Vinnie, wenn auch etwas zu spät, in Herrn Hörnigs Raum. Wir hatten schon alles aufgebaut und warteten voller Spannung darauf, wie unser Abenteuer weitergehen würde. In der letzten Woche hatten wir das Spiel unterbrochen, als wir uns gerade in einer Höhle befanden, in der es einen unterirdischen See gab, in dem ein Riesenkrebs lebte, dem wir entkommen mussten. Mein Charakter hieß *Sijulu*, was ein Anagramm meines Namens war. *Sijulu* war ein Zauberer in Gestalt eines Elfen. Als ich *Sijulus* Charakter würfelte, gab ich die höchste Punktzahl, die man würfeln konnte, nämlich 18 Punkte, seiner Intelligenz. 14 Punkte erwürfelte ich für seine Weisheit, eine mittelmäßige Punktzahl für seine Geschicklichkeit und sein Charisma. Im unteren Punktbereich befanden sich seine Stärke und Konstitution.

Vinnies Charakter sollte so ziemlich das Gegenteil von meinem werden. Er wollte einen Krieger in Gestalt eines Gnoms spielen. Er vergab die höchste von ihm gewürfelte Punktzahl natürlich der Stärke. Dem Charisma seines Gnoms gab er die niedrigste Punktzahl. Vinnie wählte den Namen *Bonesnatcher*, weil er fand, dass sich das gefährlich anhörte und auf Englisch cooler klang. Ich sah, dass Herr Hörnig sich das Lachen verkneifen musste und in seinen Bart >>nomen est omen<< brubbelte. Ich wusste nicht, was das hieß, aber nahm mir vor, es später zu googeln.

Adams Charakter war ein Geistlicher, der natürlich sehr weise war. Tobis Zwerg war ein Dieb mit sehr ausgeprägtem Geschick und Bennos Riese war ein Krieger mit extremer Stärke.

Herr Hörnig ließ Vinnies *Bonesnatcher* in einer äußerst prekären Situation auf den Rest der Gruppe treffen:

In der Höhle, in der wir uns befanden, roch es abscheulich nach Kadavern und als wir uns gerade überlegten, wie wir den unterirdischen See überqueren konnten, ohne von dem Riesenkrebs gefressen zu werden, hörten wir Hilfeschreie. Ein uns unbekannter Gnom saß auf einer Sandbank im See fest. Er war an einen Pfahl gefesselt und konnte sich nicht bewegen. Die Gruppe, der er zuvor angehört hatte, hatte ihn aufgrund von angenommenem Verrat seinerseits hier gefesselt zurückgelassen. Der Riesenkrebs näherte sich ihm unaufhörlich und seine gigantischen Scheren klapperten schallend. Nach kurzer Diskussion, ob wir den Gnom als Ablenkung des Krebses missbrauchen sollten, um ungehindert den See zu überqueren, entschlossen wir uns jedoch, *Bonesnatcher* zu helfen. *Sijulu* belegte den Riesenkrebs mit einem Bann, der ihn kurzzeitig erblinden ließ. Wir schwammen zu dem überaus hässlichen Gnom hinüber und befreiten ihn aus den Fängen der Riesenkrabbe. Der *Bonesnatcher* machte seinem Namen alle Ehre und riss die Scheren des Krebses mit bloßen Händen auseinander. Es knackte und krachte fürchterlich. In einem kurzen und äußerst blutrünstigen Kampf zerschlug *Bonesnatcher* das Schalentier und benutzte den stärksten Teil seines Panzers fortan als Schild.

Als es klingelte, blickte ich zu Vinnie, der gerade seine Begeisterung über den Sieg der Gruppe lauthals kundtat. Sein anfänglich skeptischer bis arroganter Gesichtsausdruck glich nun dem eines Herthafans in der Ostkurve, wenn *Ibisevic* ein Tor schoss. Erst als er meinen Blick wahrnahm, drehte er sich schnell um, so als ob es ihm peinlich gewesen wäre, so begeistert zu sein.

Herr Hörnig rief Vinnie und mich, als wir gerade gehen wollten, noch zu sich.

>>Äh, Julius, könntest du Vinnie bitte bis zum nächsten Mal die wichtigsten Regeln aus dem Handbuch erklären, damit wir dann gleich weiterspielen können?<<

Er gab mir sein original Regelwerk von 1983, auf das er, wie ich wusste, sehr stolz war.

>>Pass gut darauf auf. Du weißt, es...<<

>>Ja, ja, ich weiß schon. Ich werde es hüten, wie einen Schatz<<, unterbrach ich ihn. Ich fühlte mich zwar sehr geehrt, gruselte mich aber gleichzeitig auch vor der Herausforderung, erstens diese Kostbarkeit mit mir rumzutragen und zweitens mich mit Vinnie auseinanderzusetzen. Ein falsches Wort und mir würde es wie dem Riesenkrebs ergehen.

Zu meinem Erstaunen lief er mit mir zur Bushaltestelle und redete sogar ziemlich normal mit mir. Er war bestimmt einen Kopf größer und, obwohl man nicht sagen konnte, dass er dick war, wog er mindestens zehn Kilo mehr als ich. Zuerst dachte ich, dass er mich sicher nur verarschen wollte und beantwortete seine Fragen eher knapp. Doch dann merkte ich, dass er ehrliches Interesse an dem Spiel hatte und die Fragen zu meinem Charakter total erst gemeint waren. Also redete ich und redete, schließlich war ich in meinem Element. Und während ich so fachsimpelte, konnte ich einfach nicht glauben, dass das Vinnie war, der neben mir herlief und mir total aufmerksam zuhörte. Im Bus setzte er sich sogar neben mich und sagte mir freundlich tschüss, als er nach ein paar Stationen ausstieg.

Rosa

Es war Freitagnachmittag und ich hatte leider immer noch null Ahnung, worüber ich meine Facharbeit schreiben sollte und der Termin der ersten Konsultation mit Frau Bley, bei der ich zumindest ein Thema parat haben musste, war schon nächste Woche. Ich lungerte wieder mit meinem Tablet auf dem Sofa rum, als meine Mutter aus dem Bad rief:

>>Hast du nicht Lust, mit ins Begegnungscafé zu kommen? Ich hole Jörg ab und du könntest ihn vielleicht kennenlernen, wenn du schon dafür bereit bist, meine ich natürlich. Ich weiß, das geht vielleicht 'n bisschen schnell, aber Fadi ist auch da, dann könntest du ja mal mit ihm reden oder hast du jetzt schon ein Thema für deine Facharbeit gefunden?<<

Sie steckte den Kopf ins Wohnzimmer herein und war total zurechtgemacht.

>>Wow, was hast du denn vor? Du bist ja voll aufgebrezelt.<<

Meine Mutter konnte echt gut aussehen, wenn sie sich ein bisschen Mühe gab.

>>Ja, also, Jörg und ich wollten nachher noch was Essen gehen. Komm doch mit, wenn du willst.<<

>>Ne danke, da stör ich bloß.<<

>>Quatsch. Jörg würde euch total gerne mal kennenlernen. Ich hab schon so viel von euch erzählt.<<

>>Ach echt? Ich hatte irgendwie den Eindruck, wir seien dir in letzter Zeit ziemlich egal.<<

>>Mensch, Rosa, jetzt fang nicht schon wieder mit der Tour an. Los erheb dein Popöchen! Du kommst jetzt mit!<<

>>Was ist denn das für'n komisches Café?<<, fragte ich skeptisch.

>>Ein Begegnungscafé in Berlin. Da treffen sich Menschen aller Herren Kulturen und helfen einander oder spielen, kochen, tauschen Kleidung und Bücher. Jörg macht dort einmal in der Woche den Dienst hinter der Theke. Fadi hilft bei Übersetzungen und Anträgen von anderen syrischen Flüchtlingen.<<

>>Aha. Ja, kann ich da so hingehen? Mit kurzen Hosen und so? Oder muss ich da 'n Kopftuch tragen?<<

>>Ach, meine kleine Prinzessin des Speckgürtels. Deine interkulturelle Kompetenz geht echt gen Null. Du kannst dort aussehen, wie du willst und ein Kopftuch musst du schon gar nicht tragen. Komm, es wird dir gefallen. Und außerdem wird es dir guttun, deinen 5km-Radius, in dem du dich bewegst, mal zu verlassen und ein bisschen Stadtluft zu schnuppern.<<

Wir fuhren mit der S-Bahn nach Berlin rein. Es war einer der ersten richtig warmen Nachmittage im Mai. Meine Beine waren noch ganz käseweiß, aber ich freute mich, endlich mal wieder ein paar Sommerklamotten anziehen zu können. Meine Haare hatte ich nur ganz locker zu einem Dutt zusammengeknotet und beobachtete die anderen Leute in unserem Waggon. Mit jeder Station, mit der wir tiefer in die Stadt reinfuhren, wurden die Menschen unterschiedlicher. Die Hautfarben wurden zum Teil dunkler, die Kleidungsstile verrückter. Ein von oben bis unten mit Farbe bekleckster Typ in Arbeiterkluft setzte sich neben einen Schnösel in Anzug und Krawatte. Eine obdachlos scheinende Frau, die all ihr Hab und Gut in Plastiktüten dabei hatte, verströmte einen ziemlich unangenehmen Geruch. Als es so richtig brechend voll wurde, mussten wir aussteigen und liefen noch einige Minuten bis zum Café. Auf dem Weg dahin dämmerte mir, dass ich ja jetzt Jörg treffen würde, was ich bis dahin erfolgreich verdrängt hatte. Wirklich Lust hatte ich nicht dazu, aber irgendwie brachte dieser erste warme Nachmittag eine gewisse Leichtigkeit mit sich, die es einfach nicht zuließ, jetzt zu griesgrämig zu sein.

Das Café war ziemlich voll und einige Leute stellten draußen gerade ein paar wild zusammengewürfelte Tische und Stühle auf. Ein Mann mit Dreadlocks und so einer Hose, bei der der Schritt in den Kniekehlen hängt, begrüßte meine Mutter sehr herzlich und für einen kurzen Moment dachte ich geschockt, dass das vielleicht Jörg war.

>>Jörg ist im Keller<<, hörte ich ihn jedoch sagen und war erleichtert.

Meine Mutter schien hier ziemlich viele Leute zu kennen und mir wurde klar, dass ich nicht gerade viel über ihr derzeitiges Leben wusste. Ich fühlte mich total fehl am Platz und bereute es, mitgekommen zu sein.

In dem Moment kam ein Typ zur Tür herein, der mein Unwohlfühlen ins Unermessliche steigerte. Er war groß, schlank, hatte jedoch ziemlich breite Schultern und eine

Hautfarbe, wie ich sie nach zehn Wochen Karibikurlaub in etwa haben würde. Er trug ein weißes T-Shirt und ausgewaschene blaue Jeans, die ihm locker auf der Hüfte hingen. Sein Gesicht sah zwar noch recht jung aus, aber der Drei-Tage-Bart ließ ihn älter wirken, als er wahrscheinlich war. Das Schönste an ihm waren jedoch seine Augen. Ich hatte noch nie zuvor so schöne Augen gesehen. Sie waren braun und von buschigen Augenbrauen und langen dichten Wimpern gesäumt. Als er seinen Mund zu einem Lächeln verzog, dachte ich wirklich, dass mir gerade ein Engel begegnete. Dieser Typ war einfach vollkommen. Mit Entsetzen dachte ich an meine käseweißen Beine und meine ungemachten zugegebenermaßen eine Wäsche vertragen könnenden Haare. Mein Entsetzen verdreißigfachte sich, als dieser Engel meiner Mutter in die Arme fiel und sie auf die Wange küsste. Wie im Rausch hörte ich meine Mutter sagen:

>>Und das ist meine Rosa! Endlich lernt ihr euch kennen. Rosa, das ist Fadi, von dem ich dir erzählt habe.<<

Nein, bitte nicht! Das durfte nicht wahr sein! Dieser Engel war Jörgs Findelkind? Bevor ich länger in Panik verfallen konnte, hörte ich eine etwas kratzige tiefe Stimme mit einem wunderschönen Akzent sagen:

>>Hallo Rosa.<<

Er griff meine Hand, die ich ihm wohl wie in Trance entgegengestreckt haben musste und die total schwitzig war. Er lächelte mich mit diesem unfassbar warmen und freundlichen Gesicht an und um seine Augen bildeten sich ganz zarte Fältchen.

>>Hallo<<, stammelte ich und dachte im gleichen Moment, reiß dich zusammen Rosa und kack jetzt hier nicht so schüchtern ab.

Dann passierte das, was manchmal mit mir passierte, wenn ich SEHR aufgeregt war: Ich fing an zu reden wie ein Wasserfall. Ich wusste auch gar nicht so genau, was ich da laberte, aber ich konnte einfach nicht aufhören.

Irgendwann wurde ich zum Glück unterbrochen. Ich hätte es nie für möglich gehalten, aber in diesem Moment war ich froh, dass Jörg auftauchte und mich aus meinem Laberflash befreite. Meine Mutter küsste ihn stürmisch auf den Mund, aber selbst das war mir in dem Moment egal. Hauptsache, ich würde aufhören, wie eine Vollidiotin zu reden und mich komplett lächerlich zu machen.

>>Hallo Jörg<<, sagte ich erleichtert und gab auch ihm meine verschwitzte Hand, als wäre es das Normalste von der Welt, den neuen Freund seiner Mutter kennen zu lernen, wegen dem die eigene Familie zerbrochen war. Meine Mutter guckte mich ganz verblüfft an und lachte fast hysterisch.

>>Mensch, das läuft ja wie geschmiert. Ich hab mir solche Sorgen gemacht, wie ihr euch begegnen würdet.<<

Jörg schien auch etwas unsicher in der Situation und erleichtert, als ihn eine Dame mit einem Kopftuch ansprach und bei etwas um Hilfe bat.

>>Kommst du mit raus?<<, fragte Fadi und deutete auf die Tische vor dem Café.

Wir setzten uns an einen der freien Tische.

>>Kleinen Moment bitte<<, entschuldigte sich Fadi und kam kurz darauf mit zwei Gläsern Tee wieder.

<<Das ist schwarzer Tee mit Zimt, Zucker und Kardamom. So trinken wir ihn in Syrien. Probier mal.<<

>>Hmm, total lecker<<, brachte ich originellerweise hervor und versuchte zu verbergen, dass ich mir volle Kanne die Zunge verbrannt hatte.

>>Hast du Lust auf eine Runde Backgammon?<<, fragte Fadi, als würden wir schon immer so jeden Nachmittag zusammen sitzen und Tee schlürfen.

>>Klar. Hab ich zwar noch nie gespielt, aber wenn du es mir beibringst, gerne.<<

An der Außenwand des Cafés stand ein hohes Regal. Fadi streckte sich und kramte von ganz oben das Backgammonspiel hervor. Dabei rutschte sein T-Shirt hoch und entblößte seine Hüften und seinen Bauch. Als er sich wieder zu mir umdrehte, erwischte er mich dabei, wie ich ihm auf den Bauch starrte und mir war das so peinlich, dass ich sofort wieder anfing ohne Punkt und Komma zu quasseln. Fadi lachte und runzelte dann die Stirn.

>>Du redest aber ganz schön viel.<<

Scheiße! So konnte man es auf den Punkt bringen. Mann Rosa, halt doch mal die Fresse!

>>Nein, nein, rede ruhig weiter. Das ist schön. Deine Stimme ist schön. Ich höre sie gern.<<

Boa, wurde ich rot. Der brachte mich echt total aus der Fassung. Ich war sonst eigentlich recht schlagfertig und souverän, besonders auch im Umgang mit Jungs. Ich hatte mir viel von Sarah abgeguckt und schaffte es auch oft, so cool bei Typen zu sein wie sie. Aber jetzt gerade versagte ich auf ganzer Linie. Auf einmal musste ich lachen.

>>Entschuldigung Fadi. Ich bin sonst nicht so'ne Labertasche. Ich weiß auch nicht, was mit mir los ist. War voll komisch grad mit Jörg und meiner Mutter und so.<<

>>Alles gut<<, sagte er lächelnd und baute das Spiel auf.

>>Also, jeder Spieler bekommt fünfzehn Steine...<<

Hör zu Rosa, hör verdammt nochmal zu, sonst denkt der du bist total hohl, wenn du das Spiel nicht raffst.

>>Ok? Los geht's.<<

Scheiße, ich hatte nichts verstanden. In meinem Kopf war das totale Chaos.

>>Offene Runde, bis du die Regeln gecheckt hast.<<

Als könnte er in mein Hirn hineinschauen, rettete er mich vor der nächsten Vollblamage.

>>Ich liebe dieses Spiel. Das haben mein Bruder und ich immer stundenlang vor dem Laden meines Onkels gespielt.<<

Bei dem Satz dämmerte mir zum ersten Mal so richtig, warum ich Fadi ja eigentlich kennenlernen wollte. Weil er ein Flüchtling aus Syrien war. Irgendwie hatte ich mir einen Flüchtling anders vorgestellt. Irgendwie ernster und trauriger. Er wirkte so fröhlich und ausgeglichen. So, sein Bruder und er. Sollte ich jetzt nach dem Bruder fragen? War der vielleicht tot oder gefangen oder so? Lieber nicht.

>>Mein Bruder lebt in Schweden<<, sagte er und zum ersten Mal sah ich so etwas wie Traurigkeit in seinen Augen. Aber nur ganz kurz, dann war da wieder dieses zauberhafte Lächeln. Konnte der Typ eigentlich meine Gedanken lesen? Er holte sein Handy raus und zeigte mir Fotos von seinem Bruder. Er hieß Naji und war neunzehn. Er sah aus wie eine ältere Version von Fadi, aber nicht ganz so warm.

Als ich gerade dabei war, den nächsten schlechten Zug zu tätigen, kamen Mama und Jörg nach draußen.

>>Wer hat Hunger?<<, rief Mama übertrieben fröhlich. >>Wollen wir noch was Essen gehen?<<

>>Also, ich hab Martin versprochen, hier nachher mit ihm noch die Kleiderspenden zu sortieren. Ich kann leider nicht.<<

Fadi blickte mich entschuldigend an. Oh Gott, wie kam ich aus der Nummer nun raus? Ich wollte auf keinen Fall alleine mit Mama und Jörg essen gehen.

>>Ja, also ich müsste auch bald nach Hause. Ich schreib nächste Woche einen Test und muss noch lernen<<, druckste ich wenig überzeugend herum. Meine Mutter durchschaute mich, versuchte mich aber zum Glück nicht zu überreden.

>>Tja, dann verpasst ihr leider die beste thailändische Küche Berlins<<, rief Jörg und packte meine Mutter an der Hüfte. Bäh, das war echt noch ein bisschen viel. Ich musste an meinen Vater denken und kam mir vor wie ein

Verräter. Da stand ich nun mit Mama, die sich an Jörg lehnte und von thailändischem Essen schwärmte.

>>Ja, ne, ich muss dann wirklich auch mal los jetzt<<, nuschelte ich in mich hinein.

>>Ich bring dich noch zur S-Bahn<<, bot Fadi an und obwohl ich dankend ablehnte, bestand er darauf, mich zu begleiten.

Als wir losgingen, wurde es langsam kühler. Schon wieder kam es mir so vor, als wenn dieser Typ meine Gedanken lesen konnte.

>>Das ist blöd für dich mit Jörg und deiner Mutter, hm?<<

Da ich nicht rumjaulen wollte, versuchte ich es mit einer Halbwahrheit. >>Ist schon ok. Es hätte schlimmer kommen können. Jörg scheint ja echt nett zu sein.<<

>>Jörg ist mein Schutzengel, soviel steht fest.<<

Fadi strich sich über seinen Bart. >>Ohne ihn wär ich wahrscheinlich immer noch in irgendeiner Massenunterkunft und würde auf einen Platz in einem Deutschkurs warten.<<

Zum Glück kam die S-Bahn, sobald wir auf dem Bahnsteig standen. Ich ergatterte noch einen Platz in dem Gewusel und vergrub mein Gesicht in meinen Händen. Mir kamen die Tränen. So genau wusste ich auch nicht warum. Mein Kopf brummte und mein Hirn fühlte sich an, als ob meine Synapsen tausend Kurzschlüsse hätten.

Julius

Es war jetzt gut eine Woche her, dass mein Vater ausgezogen war und trotzdem konnte ich mich einfach nicht an die Tatsache gewöhnen, ihn nicht jeden Abend lesend auf dem Sofa vorzufinden, um noch kurz mit ihm zu quatschen, auch wenn es nur drei Sätze waren. Jetzt schrieben wir uns zwar jeden Abend noch ein paar Nachrichten oder telefonierten kurz, aber das war einfach nicht das Gleiche. Heute Abend war es besonders ätzend, weil niemand da war. Als ich von den Pfadfindern nach Hause kam, fand ich nur einen Zettel auf dem Küchentisch, dass Mama und Rosa in die Stadt gefahren seien und dass noch ein Hasenbrot in der Tupperdose im Kühlschrank für mich war. So weit war es also schon gekommen: Ich gehörte jetzt zu den vernachlässigten Kindern, über die ich einen Bericht in einer Fachzeitschrift gelesen hatte, die bei Dr. Wasmund, meinem Allergologen, im Wartezimmer herumlag. Die meisten von ihnen entwickelten soziale Auffälligkeiten und rutschten in der Pubertät oft in die Kriminalität ab. Das stand mir also auch bevor. Als ich gerade an meinem Hasenbrot knabberte und mir überlegte, welche Art von Verbrechen ich wohl in ein paar Jahren begehen würde, hörte ich den Schlüssel in der Tür und Rosa kam herein. Sie sah aus, als hätte sie drei Tage nicht geschlafen. Ihre Haare standen ihr völlig zerzaust zu Berge, ihre Schminke an den Augen war total verschmiert und ihr Blick war so wirr.

>>Was ist denn mit dir los? Hast du unterwegs mit einem Frettchen gekämpft?<<

>>Hi Lulle. Nein, viel schlimmer: Ich habe gerade Mamas Freund kennengelernt.<<

>>Was? Wie kam es denn dazu? Ich dachte, du wolltest ihn weiterhin unbekannterweise verabscheuen<<, prustete Julius empört.

>>Ja, das wollte ich ja auch, aber dann hat Mama mich überredet.<<

>>Ja, und? Wie war er? Lass dir doch nicht alles aus der Nase ziehen!<<

>>Er ist… ja wie soll ich es dir sagen? Ich hab ja nicht wirklich viel mit ihm gesprochen. Er ist …ok.<<

>>Wie ok? Spinnst du jetzt? Du hast doch gesagt, er ist ein Ehebrecherarsch, ein Familienzerstörer, ein Öko-schwein. Wie kann er denn jetzt auf einmal ok sein?<<

>>Mann Julius! Ich hab ja, wie gesagt, nur kurz mit ihm geredet. Da schien er erstmal ok. Ist noch was zu essen da? Ich hab tierischen Hunger.<<

Ich durchstöberte den Kühlschrank, aber entdeckte nur einen alten Kanten von Mamas selbstgebackenem Eiweißbrot und Magerquark.

>>Nein, hier gibt es nichts zu essen. Mama vernachlässigt uns zunehmend. Ich denke, wenn sie so weitermacht und wir völlig abgemagert zur Schule kommen, wird man ihr bald das Sorgerecht entziehen. Und uns beiden steht eine kriminelle Karriere bevor. Pass bloß auf, du bist ja schon in der Pubertät, da geht das los.<<

>>Ach Lulli, du liest zu viel. Wo hast du denn den Quatsch schon wieder her? Und viel wichtiger, wieviel Bargeld

hast du im Haus? Ich habe etwa sechs Euro. Das reicht nicht für 'ne Pizzalieferung.<<

>>58,26.<<

>>Hä?<< Meine Schwester war manchmal etwas schwer von Begriff.

>>Ich habe 58 Euro und 26 Cent im Haus<<, sprach ich übertrieben langsam und deutlich.

>>Ok, das dürfte reichen. Wir legen das Geld nur aus und holen es uns morgen von Mama wieder. Erzähl ihr das mit den vernachlässigten Kindern und der Kriminalitätsstatistik. Dann kriegt sie ein schlechtes Gewissen und zahlt.<<

Meine Schwester konnte meinem Hirn zwar manchmal nicht folgen, aber dumm war sie nicht. Sie hatte so eine ganz andere Schläue, eine, die ich nicht besaß. Sie konnte gut mogeln, Leute um den Finger wickeln und, wenn es sein musste, austricksen.

>>Wo ist denn Mama jetzt eigentlich? Kommt sie überhaupt nochmal wieder oder müssen wir jetzt länger für uns selbst sorgen?<<

>>Sie ist mit Jörg was essen gegangen.<<

Wie konnte Rosa das nur so neutral sagen? Irgendetwas war mit ihr passiert. Vielleicht war sie ja schon kriminell und nahm Drogen. Ich sah sie prüfend an und versuchte, ihre Pupillen zu erkennen. Im Drogenpräventionskurs von Frau Lippert hatte ich gelernt, dass sich die Pupillen nach der Einnahme von Drogen stark vergrößerten.

>>Was glotzt du mich denn so an?<<, blaffte Rosa.

>>Nichts, nichts. Du bist nur irgendwie so … verändert. Wurdest du von Aliens entführt und gehirngewaschen, bevor sie dich auf die Erde zurückgeschickt haben?<<

>>Was? Lulli, du bist so ein Freak! An mir ist gar nichts anders.<<

Rosa

Zum Glück klingelte in dem Moment der Pizzabote. Wir knallten uns vor die Glotze und vertilgten Pizza, bis uns schlecht war. Irgendwann um Mitternacht weckte ich Julius, der neben mir auf dem Sofa eingepennt war, und schickte ihn ins Bett. Bei mir selbst war von Müdigkeit keine Spur. Ich war hellwach und irgendwie ging mir Fadi einfach nicht mehr aus dem Kopf. Ich googelte *Fadi + Berlin* unter der Kategorie Bilder und fand ihn tatsächlich. Er hatte ein Facepage- und Instantfeed-Profil. Ich starrte sein wunderschönes Bild an, das ihn vor dem Brandenburger Tor zeigte. Ich fühlte mich zwar ein bisschen wie ein Stalker, aber verspürte einen unbändigen Drang, so viel wie möglich über ihn herauszufinden. Durch die Privatsphäre-Einstellungen konnte ich nicht viel über ihn herausbekommen, aber bei Facepage konnte ich alle Profilbilder sehen, die er im Laufe der Zeit hochgeladen hatte. Das erste vor zwei Jahren: Es zeigte ihn und seinen Bruder vor einem weißen Zelt. Um sie herum war hellbrauner Sandboden und man sah viele andere von diesen weißen Zelten im Hintergrund, an deren Schnüren Wäsche aufgehängt war. Fadi hatte noch keinen Bart und sah viel jünger aus als jetzt.

Auf dem nächsten Bild war er wieder mit seinem Bruder zu sehen. Dieses Mal sahen beide sehr geschafft und schmutzig aus. Im Hintergrund sah man einen Hafen und an einem der Boote eine türkische Flagge. Als ich weiterklickte, sah ich beide vor einer riesigen Fähre, aus der Menschenmassen strömten. Fadi und sein Bruder waren vollkommen abgemagert und hatten starken Sonnenbrand. Ihre Gesichter waren total eingefallen. Trotzdem strahlten beide unendlich erleichtert auf diesem Selfie. Das nächste Bild war wieder ein Selfie. Es zeigte Fadi und hinter ihm dutzende andere Menschen, darunter auch Frauen und Kinder, wie sie entlang und zum Teil auf Bahngleisen liefen. Er hatte viele Schichten Kleidung übereinander an und sah trotzdem aus, als ob er fror. Die Kinder im Hintergrund waren in Decken gewickelt und den Erwachsenen auf den Rücken geschnallt worden. Ich sah in Fadis Augen und mir liefen sofort die Tränen über die Wangen. Er sah so verloren und abgekämpft aus. Mir wurde klar, dass jedes dieser Bilder eine Station seiner Flucht widerspiegelte. Ich fragte mich, wo dieses Bild entstanden war und zögerte kurz, mir das nächste Bild anzusehen, weil der Anblick wirklich kaum zu ertragen war. Es zeigte Fadi zusammen mit einem anderen Jungen auf einem verschneiten Feld. Beide hatten sich Kleidungsstücke um den Kopf gewickelt und man sah nur ihre Augen, die dennoch in die Handykamera zu lächeln schienen. Es sah bitterkalt aus und mir lief ein Schauer über den Rücken. Ich strich mit meinem Finger über den kalten Bildschirm und berührte sein Gesicht. Auf einem anderen Profilbild sah man Fadi in einer Menschenmasse stehend, die von einem Zaun aufgehalten wurde. Hinter dem mit Stacheldraht verstärkten Zaun standen schwer bewaffnete Polizisten mit Schäferhunden. Fadis Gesicht sah verzweifelt und wütend aus. Ihn so zu sehen, versetzte mir einen solchen Stich in mein Herz, dass ich wieder auf sein aktuelles Profilbild klickte. Als ob ich mich vergewissern wollte, dass er tatsächlich glücklich und strahlend vor dem Brandenburger Tor stand. Das letzte Bild zeigte ihn vor einem blauen Schild, auf dem in einem Kreis aus Sternen ‚Republik Österreich' stand. Fadi lächelte wieder, aber an seinem Zustand konnte man sehen, dass er vollkommen am Ende war. Er war bis auf die Knochen abgemagert, seine Haare waren lang und strubbelig, seine Kleidung hing ihm in Fetzen vom Körper und im Vergleich zu seinem ersten Profilbild schien er um Jahre gealtert zu sein.

In meinem Kopf ging jetzt alles durcheinander. Meine Kehle fühlte sich an, als wäre sie zugeschnürt. Wut, Trauer und Entsetzen überschlugen sich in mir. Natürlich hatte ich schon Bilder von Menschen auf der Flucht im Fernsehen und in der Zeitung gesehen und jedes Mal fühlte ich Mitleid mit den Menschen auf den Bildern. Aber Fadi dort so zu sehen, war schier unerträglich. Obwohl ich ihn kaum kannte, brach es mir das Herz, mir vorzustellen, wie er sich gefühlt haben musste.

Ich fühlte mich dermaßen schlecht und fragte mich, was das andere Gefühl war, das sich da in meinem Bauch breitmachte. Dieses Gefühl zerfraß mich fast von innen und auf einmal dämmerte mir, was es war: pure Scham. Ich schämte mich dafür, in meinem kleinen Mikrokosmos zu leben und mir selber leidzutun, weil meine Eltern sich nicht mehr liebten, weil ich in der letzten Deutscharbeit ‚nur' eine Drei bekommen hatte, weil ich eine Torchance vergeigt und weil meine beste Freundin nun einen

Freund hatte, während andere Menschen ums Überleben kämpften. Aber wofür ich mich am meisten schämte, war die Tatsache, dass ich außer einer Kleiderspende und einem Weihnachtspaket im Schuhkarton, welche Aktion ich noch nicht mal selbst organisiert hatte, noch nie irgendwas getan hatte, um den Geflüchteten irgendwie zu helfen. Ich sah sie jeden Tag, denn nur circa zwei km von unserem Zuhause gab es gleich drei Flüchtlingsunterkünfte. Im Grunde fielen sie mir nur auf, weil sie die einzigen Erwachsenen waren, die in unserer Gegend zu Fuß unterwegs waren. Alle anderen Erwachsenen fuhren mit dem Auto. Trotzdem hatte ich es erfolgreich geschafft, mir nicht allzu viele Gedanken über diese Menschen zu machen. Ja, sie taten mir leid und manchmal, wenn das Wetter sehr beschissen war, fragte ich mich, wie das für jemanden aus einem afrikanischen Land sein musste, diese Kälte zu ertragen. Aber ich hatte mich noch nie WIRKLICH mit ihnen auseinandergesetzt. Ich las ja noch nicht einmal eine Tageszeitung so wie Julius mit seinen dreizehn Jahren. Statt der *Tagesschau* guckte ich lieber *Promis Heute* und zerbrach mir den Kopf darüber, ob *Justin Bieber* und *Selina Gomez* doch noch wieder ein Paar werden würden. Scheiße, ich fühlte mich wie die dümmste Kuh auf der ganzen Welt. Also fasste ich genau in diesem Augenblick den Entschluss, meine Facharbeit über die Situation von Geflüchteten in Deutschland zu schreiben. In LER (Lebensgestaltung-Ethik- Religionskunde) hatten wir bei Frau Bley auch schon öfter über dieses Thema gesprochen und ich wusste, dass sie mit den 10.

Klassen letztes Jahr das Fußballturnier mit Schülern unserer Schule und geflüchteten Jugendlichen organisiert hatte, zu dem ich nicht gegangen war, weil ich irgendeinen Grund hatte, der anscheinend total unwichtig war, sodass er mir jetzt nicht einmal mehr einfiel. Mittlerweile war es drei Uhr morgens und ich hörte Mama nach Hause kommen.

>>Bist du noch wach?<<, fragte sie überrascht und an ihrer Stimme hörte ich, dass sie etwas beschwippst war.

>>Ja, ich konnte nicht schlafen<<, erwiderte ich nachdenklich.

>>Schläfst du bei mir? Na los, ab ins Bett. Ich komme gleich nach.<<

Ich schlüpfte in Mamas und Papas Bett und kuschelte mich in Papas Kissen, das immer noch nach ihm roch. Mama legte sich neben mich, hielt meine Hand und so schliefen wir innerhalb von wenigen Sekunden ein.

Julius

Das Wochenende verbrachte ich mit Papa und wir nutzten das schöne Wetter, um zelten zu gehen. Die Nächte waren zwar noch kalt, aber Dank Papas Polarausrüstung blieben wir nachts warm wie im Toaster. Papa war etwas enttäuscht, dass Rosa nicht mitkam, aber sie hatte wohl endlich ein Thema für ihre Facharbeit gefunden und wollte das Wochenende mit Online-Recherche verbringen. Ehrlich gesagt war ich etwas erleichtert, weil das hieß, dass ich Papa ganz für mich hatte und da ich mir immer noch etwas Sorgen um seinen mentalen Zustand machte, dachte ich, dass ihm so ein Männerwochenende ganz guttun würde. Am Abend machten wir ein Lagerfeuer und brutzelten Stockbrot und Bratwürstchen überm offenen Feuer.

>>Ach, Juli, das war ´ne gute Idee!<<, sagte Papa, streckte die Beine weit von sich und öffnete seine Bierflasche mit einem Feuerzeug. >>Bei dem Wetter lässt sich das Leben doch ertragen, hm?<<

Wusste ich's doch, mein Vater litt an depressiven Verstimmungen, die durch die Trennung von meiner Mutter ausgelöst und durch einen Mangel an Sonnenlicht intensiviert worden waren.

>>So, nun erzähl mal. Was ist aus Vinnie geworden, von dem du mir erzählt hast? Ist der noch in eurer *D&D*-Gruppe oder ist er schon rausgeflogen?<<

>>Noch ist er dabei, aber übermorgen kommt er ja auch erst zum zweiten Mal. Der ist echt komisch: Eigentlich ist er, wenn man allein mit ihm ist und über *D&D* redet,

total nett, aber sobald andere Leute dabei sind, mutiert er zum Asi. Letzte Woche gab's wegen ihm wohl schon wieder 'ne Klassenkonferenz, weil er den Rucksack von Lilly Meier aus dem Fenster geworfen hat.<<

>>Puh, hört sich ja ganz schön krawallig an, der Gute!<<, erwiderte Papa bierschlürfend.

>>Ja, aber irgendwie mag ich ihn trotzdem. Am Mittwoch hab ich mich in der Mittagspause mit ihm getroffen, weil ich ihm die Grundregeln von *D&D* beibringen sollte. Obwohl er auf seine typisch stürmische Polterart in die Bibliothek geplatzt kam, wo man eigentlich nur leise arbeiten darf, hat er sich dann hingesetzt und mir eine halbe Stunde lang total aufmerksam zugehört. Nur sein Bein hat ständig gewackelt und er hat sehr oft mit den Augen geblinzelt, so als fiele es ihm total schwer, sich zu konzentrieren.<<

>>Hm, hört sich an wie so'n Zappelphillip. Moritz war früher in der Schule auch so. Konnte nie stillsitzen und hatte ständig Ärger mit den Lehrern.<<

Papas Gesicht strahlte auf einmal. >>Ach, das war'n noch Zeiten… Und guck ihn dir jetzt an, leitet sein eigenes erfolgreiches Unternehmen und verdient sich dumm und dusselig.<<

>>Ja, also dumm ist Vinnie auch nicht, im Gegenteil: Er hat die kompliziertesten Regeln, die ich erst nach Monaten richtig gecheckt habe, sofort verstanden. Ich dachte erst, der tut nur so, aber als ich nachhakte, konnte er alles richtig wiedergeben. Frau Peters, seine Klassenlehrerin, hasst ihn allerdings. Letztens hab ich

gehört, wie sie sich bei der Cafeteria-Aufsicht bei Herrn Lohmann ausgekotzt hat, dass sie für solche Psychofälle nicht ausgebildet sei und Besseres zu tun habe, als wegen Vinnie ständig Klassenkonferenzen einzuberufen.<<

>>Frau Peters? Ist die nicht mittlerweile steinalt und sollte längst in Pension sein? Die hatte ich doch schon im Unterricht<<, rief Papa entsetzt.

>>Ja, sie ist schon pensioniert, aber weil es akuten Lehrermangel gibt, wurde sie wieder zurückgeholt.<<

>>Na, das hätten sie wohl lieber nicht machen sollen. Die hört sich ja ganz schön gestresst an.<<

Wir saßen eine Weile so da und genossen den Sonnenuntergang und ich überlegte, wie ich das Gespräch auf Mama lenken konnte, um herauszufinden, wie traumatisiert Papa wirklich war.

>>Rosa hat gestern Jörg kennengelernt und findet ihn ok.<<

Gut, das war nicht gerade sehr feinfühlig, aber nun war es raus und Papa musste irgendwie reagieren.

>>Ach, das ist ja toll! Ja, also Jörg ist ja auch wirklich ein echt netter Typ. ich könnte mir für Mama keinen Besseren vorstellen.<<

Er sagte das so, als spräche er über Mamas neuen Personal Trainer! War er denn gar nicht eifersüchtig? Das musste immer noch an dem Schockzustand liegen. Ich fragte mich, wie lange der in Härtefällen wie diesem andauern konnte.

>>Wieso? Kennst du ihn denn?<<, erkundigte ich mich ungläubig.

>>Ja, schon lange. Er war ja schon ewig mit Mama befreundet, bevor... naja, du weißt schon. Juli, das mit Mama und mir, das wäre auch ohne Jörg früher oder später auseinandergegangen. Das hatte nicht wirklich was mit ihm zu tun. Er hat uns sozusagen nur gezwungen, der ohnehin schon bestehenden Wahrheit in die Augen zu sehen. Mama und ich haben uns sehr sehr lieb, aber eben so wie Geschwister oder sehr gute Freunde. Weißt du, ich kenne Mama seit ich 21 bin. Ich hatte mit ihr die schönste Zeit meines Lebens und ihr seid mein Ein und Alles und ich bereue nichts. Aber jetzt ist es Zeit für mich, meinen Weg ohne Mama zu gehen.<<

Also doch. Es war SEHR schlimm. Auch das hatte ich bei der Lektüre von *Psychologie Heute* in Dr. Wasmunds Wartezimmer schon einmal gelesen: Mein Vater musste wohl eine posttraumatische Belastungsstörung entwickelt haben, bei der der Patient die grauenhaften Geschehnisse eines Traumas verdrängte, weil sie zu schmerzhaft waren. Der Patient lebte jahrelang scheinbar völlig unbehelligt, bis er eines Tages Panikattacken bekam oder sogar eine Schizophrenie entwickelte.

Ich nahm mir vor, Dr. Wasmund das nächste Mal diesbezüglich zu befragen, denn er war neben seiner Funktion als Allergologe auch auf psychosomatische Krankheiten spezialisiert.

Rosa

Mein Wochenende hatte ich größtenteils mit Online-Recherche für meine Facharbeit verbracht. Da Sarah neuerdings jede freie Minute mit Leon verbrachte, war sie auch nicht böse, dass ich keine Zeit für sie hatte. Wir hielten uns zwar per Quickchat mit Voicemail-, Video-, und Textnachrichten auf dem Laufenden, aber das war an diesem Wochenende auch schon mein einziger Kontakt zur Außenwelt. Vor dem Computer wechselten meine Gefühle ständig zwischen Euphorie und totaler Überforderung. Die Masse an Informationen erschlug mich total und die Tatsache, dass ich mich hier mit Schicksalen von realen Menschen auseinandersetzte und nicht wie z.B. Sarah mit erneuerbarer Energie, ließ mich so einen Respekt vor der Sache haben, dass ich zwischendurch immer wieder überlegte, ob ich nicht doch Annemaries Angebot annehmen sollte, ihr ihre Facharbeit über den Zusammenhang von Hygiene und Allergien, für die sie letztes Jahr immerhin eine Drei bekommen hatte, für 100€ abzukaufen. Doch dann dachte ich wieder an Fadi und seine Profilbilder und kämpfte mich durch das Wirrwarr an Webseiten, Podcasts, Links und Videobeiträgen und versuchte, so etwas wie eine Struktur an Themenkomplexen zu entwickeln.

Mama hatte wie immer Klausuren zu korrigieren und so saßen wir gemeinsam an unserem großen Esstisch und arbeiteten.

>>Willst du auch ´n Tee? Ich muss meinen Flüssigkeitshaushalt wieder ausgleichen, der gestern aus dem

Gleichgewicht geraten ist. In meinem Alter vertrag ich einfach keine Caipirinhas mehr. Ich fühl mich wie gerädert.<<

Mama sah in der Tat etwas mitgenommen aus, aber irgendwie auch glücklich. Sie mit Jörg so gesehen zu haben, war schon sehr merkwürdig. Ich sah meine Mutter jetzt mit ganz anderen Augen.

>>Ja gerne. Haben wir Zimt und Kardamom? So trinkt Fadi seinen Tee. Was ist überhaupt Kardamom? Auf jeden Fall war der lecker.<<

Die Wahrheit war, dass ich ihn so lecker gar nicht fand, aber ich bildete mir ein, dass ich Fadi irgendwie nahe sein konnte, wenn ich seinen Tee trank. Meine Mutter grinste und ging zum Gewürzfach.

>>Ja, sieht gut aus. Oma benutzt Kardamom immer, wenn sie zu Weihnachten Pfefferkuchen backt.<<

Sie brachte mir eine Tasse, aber der Tee schmeckte nicht annähernd so wie der, den Fadi gemacht hatte. Mamas Blick durchbohrte mich und wir beide wussten, dass die Auswertung des Treffens mit Jörg und Fadi noch ausstand. Also fing ich an, um das unausweichliche Gespräch hinter mich zu bringen.

>>Ich hatte mir Jörg ganz anders vorgestellt. Er sieht ja eigentlich ganz normal aus, also nett meine ich.<<

>>Aha. Wie hattest du ihn dir denn vorgestellt?<<

>>Ich weiß nicht, ökomäßiger, mit Hanfklamotten und so.<<

>>Wie kommst du denn darauf?<<

>>Keine Ahnung, Annemarie hatte ihn als so'n Birkenstockverschnitt beschrieben. Die hat ihn in Geschichte.<<

Meine Mutter musste lachen.

>>Darf ich ihm das bitte erzählen? Das wird ihn total amüsieren.<<

>>Nein! Auf keinen Fall! Annemarie killt mich sonst.<<

Jetzt musste ich auch lachen.

>>Und was sagst du zu Fadi? Worüber habt ihr denn draußen geredet? Sein Deutsch ist beeindruckend oder? Der ist grad mal ein gutes Jahr hier und spricht schon so super! Ein wahnsinnig toller Typ. Ich kann Jörg verstehen, dass er ihn bei sich aufgenommen hat.<<

Der Blick meiner Mutter war voller Bewunderung.

>>Ja, er ist nett<<, versuchte ich betont neutral zu sagen. ich wollte meine Mutter nicht wissen lassen, was ich eigentlich über Fadi dachte: dass er das schönste Wesen auf diesem Planeten war, dass ich an nichts anderes mehr denken konnte, als an seine wundervollen Hände, mit denen er sich beim Backgammonspielen immer wieder über seinen Bart strich, an sein Lächeln, das mich völlig aus der Bahn geworfen hatte, an seine Augen, die mir direkt in meine Seele zu blicken schienen, an seine Stimme, die so warm und doch rau war und seine Worte mit diesem wundervollen Akzent so überwältigend klingen ließen.

>>Ich glaub, er mochte dich auch<<, sagte meine Mutter gespielt beiläufig, sah mich dann aber über ihre Lesebrille hinwegblickend neugierig an.

>>Ja? Wieso? Hat er was gesagt?<<, hakte ich nach und bereute im gleichen Moment, so interessiert und erfreut zu klingen. Ich zwang mich zu einem neutralen Gesichtsausdruck, obwohl mir mein Herz bei Mamas Aussage fast bis zum Hals schlug, sodass ich mir sicher war, dass sie es bestimmt hören musste.

>>Nicht viel. Er sagte, du seist *sahir*. Keine Ahnung, was das genau heißt, aber sein Gesichtsausdruck verriet, dass es etwas sehr Positives sein muss.<<

Sahir! Sahir? Wtf heißt das?

>>Ich muss mal<<, log ich und verschwand auf der Toilette. Ich zückte mein Handy und tippte *sahir* bei Google Übersetzer ein. ZAUBERHAFT. Ich drückte auf das Lautsprechersymbol. Da hörte ich es klar und deutlich, denn meinen Augen wagte ich nicht zu trauen. >>ZAUBERHAFT<<, sagte die Computerstimme. In meinem Bauch flatterten gefühlt zehntausend Schmetterlinge. Meine Wangen wurden knallrot und heiß. Ich schaute in den Spiegel und konnte nicht aufhören zu grinsen. So konnte ich unmöglich zurück zu meiner Mutter gehen. Ich fing eiskaltes Wasser in meinen Händen auf und tauchte mein Gesicht darin ein. Vor dem Spiegel versuchte ich, meine Gesichtsmuskeln zu entspannen. Als meine Visage sich halbwegs normalisiert hatte, ging ich zu meiner Mutter zurück.

Julius

In Englisch sollten wir heute Dialoge einüben. Ms. Adams hatte uns erklärt, dass man in England sehr viel höflicher miteinander sprach als in Deutschland und dass man gar nicht oft genug *please* und *thank you* und *excuse me* sagen konnte. Sie hatte uns eine ganze Liste mit Höflichkeitsfloskeln gegeben, die wir in unseren Dialog einbauen sollten. Sie sagte, erst wenn wir uns so richtig albern vorkämen vor lauter Höflichkeit, dann sei es genau richtig. Weil es im Klassenraum nun sehr laut war und sich die Höflichkeitsfloskeln gegenseitig übertönten, durften wir zum Üben auf den Flur gehen. Wir liefen zu den Sitzbänken am Ende des Korridors und wollten gerade anfangen, als eine Klassenzimmertür aufflog und uns Frau Peters' keifende Stimme um die Ohren peitschte.

>>So, du kannst hier draußen weiterarbeiten. Nimm deinen Tisch und deinen Stuhl und dann bleib mir vom Hals. Eine Zumutung bist du! Das gab es früher nicht. Da hätte man dich einfach von der Schule geschmissen, zu Recht!<<

Damit knallte sie die Tür wieder zu, nur um sie gleich darauf wieder zu öffnen. >>Aufgaben 1-6 durcharbeiten und mir am Ende der Stunde schriftlich abgeben!<<

Rums, knallte es wieder.

Vinnie schmiss seinen Rucksack auf den Boden und trat gegen den Stuhl, sodass er umfiel. Dann brubbelte er mehrmals das F-Wort und das Sch-Wort in sich hinein und sein wütender Blick traf meine Augen. Doch bevor ich schnell genug wegschauen konnte, um so zu tun, als hätte die Szene nicht mein Aufsehen erregt, bekam ich Vinnies Temperament voll zu spüren.

>>Was glotzt ihr denn so, ihr Schwachmaten? Verpisst euch gefälligst und macht eure Scheißaufgaben woanders!<<

Tobi, mein Dialogpartner, nahm die Beine in die Hand und rannte so schnell er konnte zur Toilette, ich nehme an, um sich dort zu verschanzen. Das war zwar auch mein erster Reflex, doch auf der anderen Seite konnte ich Vinnies Wut ziemlich gut verstehen. Frau Peters hatte wirklich fiese Dinge zu ihm gesagt. Ihre ohnehin schon sehr schrille Stimme hätte sich fast überschlagen und die Tür so zu knallen, war meiner Ansicht nach für eine Lehrkraft auch nicht angemessen. Also nahm ich all meinen Mut zusammen und lief zu Vinnie rüber.

>>Kommst du heute zu *D&D*? Ich hab neue Würfel. Guck mal.<<

Ich holte meine nagelneuen acht- und zwanzigseitigen Würfel aus der Hosentasche und legte sie vor ihm auf den Tisch.

>>Die hab ich mir bei Gamer's HD in Berlin gekauft. Cool, oder?<<

Ich wollte nicht aufhören zu reden, weil ich seine Antwort fürchtete, aber mir fiel leider nichts mehr ein.

>>Ja, cool<<, antwortete Vinnie einfach nur und seine wutrote Gesichtsfarbe verflüchtigte sich langsam. Er nahm die Würfel in die Hand und probierte sie aus.

>>Wo ist denn der Laden?<<

>>In Steglitz. Wenn du willst, können wir mal zusammen dort hinfahren. Die haben so coole Figuren. Als ich die Würfel gekauft hab, ist mir eine aufgefallen, die total gut zu *Bonesnatcher* passen würde.<<

Durch die Tür hörten wir Frau Peters' schrille Stimme.

>>Cool, ok. Geh jetzt lieber. Wenn die hysterische Peterszicke dich hier sieht, tickt sie gleich wieder aus. Ich muss mich jetzt durch den *Hauptmann von* fucking *Köpenick* quälen.<<

Er hielt den Zeigefinger an seine Schläfe und imitierte mit dem Daumen das Betätigen des Abzugs der Zeigefingerpistole. Dann riss er den Kopf zur Seite, verdrehte die Augen und ließ die Zunge raushängen.

>>Ok<<, prustete ich. >>Bis nachher.<<

Die *D&D*-AG in der 8. Stunde war grandios. Vinnie merkte schnell, dass er mit seiner sonst so impulsiven Art bei unseren Abenteuern wenig Erfolg hatte und fing an, seine Schritte ruhig zu überdenken. Er erwies sich binnen kürzester Zeit als taktisch extrem geschickt und half der Gruppe aus so manch gefährlicher Situation. Selbst Herr Hörnig war überrascht und meinte, er müsse sich in Zukunft wohl anspruchsvollere Herausforderungen für uns überlegen.

Meine Euphorie hielt jedoch nicht besonders lange an. Als ich zu meinem Fahrrad ging, wurde ich Zeuge eines überaus schrecklichen Ereignisses: Ich sah zwei ineinander verschlungene Menschen. Der Junge nahm das Gesicht des Mädchens in seine Hände, strich ihr eine Haarsträhne vom Mund und küsste sie ausgiebig. Mit

Zunge! Das war ganz deutlich zu sehen. Das Mädchen war Sarah. Ich war fassungslos. Ich starrte die beiden völlig entgeistert an und in meinem Kopf verschmolzen auf einmal alle mich umgebenden Geräusche zu einem einzigen unerträglichen Rauschen. Das Klicken von Fahrradschlössern, die Unterhaltungen und das Lachen von Schülern, die sich fröhlich auf den Nachhauseweg machten, startende Lehrerautos, zuknallende Fenster, ein Ball, der gegen die Schulmauer geprellt wurde. All das wurde langsam immer leiser, so als ob ich mich davon entfernte und verschwamm zu einem Brei.

Ich starrte immer noch unverändert, als plötzlich jemand unsanft sein Fahrrad in meins rammte.

>>Ey, Julius! Antworte doch mal! Wo glotzt du denn hin? Boa, haben die kein Zuhause? Das ist ja eklig!<<

Vinnie hatte meinen Blick verfolgt und sah nun angewidert zu Sarah rüber, die sich immer noch ausgiebig knutschte.

>>Was ist jetzt?<<, fragte er ungeduldig. >>Kommst du nun mit oder nicht?<<

>>Äh? Wohin?<<

>>Na in den Laden, von dem du mir erzählt hast. Ich will da jetzt hin.<<

>>Ähm, ja, klar. Wieso nicht?<<, erwiderte ich immer noch ganz benommen.

>>Ok, dann vielleicht heute noch? Schlüssel in Fahrradschloss stecken. Schloss abmachen. Aufsteigen. Losfahren.<<

Mit den Händen begleitete Vinnie seine Anweisungen pantomimisch, stieg dann auf sein Fahrrad und fuhr los.

Rosa

Ich stand vor meinem Kleiderschrank und hatte Sarah über Lautsprecher am Handy. Meine Mutter hatte sich gewünscht, dass Julius Jörg nun auch mal kennenlernt und hatte ihn und Fadi am Wochenende kurzerhand zum Abendessen zu uns nach Hause eingeladen.

>>Scheiße! Sarah, was soll ich denn bitte anziehen? Ich hab ja nichts! So eine Kacke!<<

>>Jetzt bleib mal ganz locker<<, knackte und knirschte Sarahs Stimme über den Lautsprecher.

>>Du ziehst jetzt einfach die Jeans an, die du letztens bei Leandras Party anhattest, und dazu dieses schwarz-weiß gepunktete Top von H&N<<, tönte es vom Bett herüber, wo mein Telefon lag.

>>Das ist in der Wäsche!<<, schrie ich verzweifelt.

>>Ja, dann hol es halt wieder raus und sprüh ´n bisschen Parfüm drauf.<<

>>Bist du irre? Ich hab hier gleich die Verabredung meines Lebens und du sagst mir, ich soll da mit´m Stinkeshirt aufkreuzen? Was bist du denn für ´ne Freundin, ey?<<

>>Eine, die sich nicht für Klamotten interessiert. Meine Fresse, Rosa, dann halt das Lilane. Lila ist doch gut.<<

Sarah gab sich zwar Mühe, aufmunternd zu klingen, aber sie war nicht wirklich überzeugend.

>>Ok. Wünsch mir Glück. Ich muss jetzt noch schnell duschen. Ich texte dir nachher, wie es gelaufen ist. Knutscha!<<

Meine Mutter, die echt gut kochen konnte, hatte ein syrisches Rezept aus dem Internet rausgesucht und es duftete nach exotischen Gewürzen, als ich geduscht und fertiggemacht in die Küche kam. Wie immer beim Kochen schlürfte sie ein Glas Wein und schien bestens gelaunt.

Ich war so aufgeregt, dass mir schon fast übel war und da meine Mutter mich einfach zu gut kannte, blieb ihr das auch nicht verborgen.

>>Schick siehste aus! Mensch, du wirst ja ´ne richtige Dame! Aber ´n bisschen blass ums Näschen. Du hast ja total kalte Hände! Wirst du krank?<<

Meine Mutter rubbelte meine Hände zwischen ihren.

>>Nein. Ich weiß auch nicht. Ich bin nur ein bisschen nervös, wie Julius und Jörg sich verstehen werden und so<<, log ich.

>>Wo ist er denn eigentlich?<<, fragte Mama, während sie die Soße abschmeckte.

>>Er ist in seinem Zimmer und liest. Was sonst?<<

In dem Moment klingelte es und mein Herz schien einen Augenblick stehenzubleiben.

>>Gehst du mal zur Tür? Ich hole Julchen<<, rief meine Mutter und lief auch schon die Treppe hoch.

Meine Knie fühlten sich an wie Pudding und ich stand völlig neben mir, als ich den beiden die Tür öffnete.

Ich begrüßte Jörg und erblickte dann hinter ihm Fadi. Er sah einfach nur hammer aus. Er trug die gleiche Jeans wie beim letzten Mal, ein rotes T-Shirt und darüber eine weinrote Kapuzenjacke. Er strahlte mich an und gab mir eine Schale mit arabischem Gebäck.

>>Das ist zum Nachtisch<<, sagte er und seine Stimme klang auch ein bisschen nervös.

>>Hmm, sieht lecker aus. Danke. Kommt doch rein.<<
Hinter mir hörte ich Julius' quietschende Stimme und fühlte mich ein bisschen wie im falschen Film.
>>Rosa, kannst du noch das Fladenbrot schneiden und Fadi was zu trinken anbieten?<<, bat mich meine Mutter, während sie mit Jörg und Julius in den Garten ging.
>>Julius, deine Mutter hat mir erzählt, dass du gerne Rollenspiele spielst. Ich hab dir Specksteine mitgebracht, aus denen du dir deine eigenen Figuren feilen kannst.<<
Ich sah sofort in Julius' Augen, dass alle Zweifel verflogen waren und er Jörgs Idee großartig fand. Sie liefen zusammen in den Tischlerschuppen und Fadi und ich standen etwas verloren allein in der Küche.
>>Möchtest du einen Tee? Ich hab versucht, ihn so hinzukriegen wie du, aber es ist mir nicht gelungen. Geht auch Pfefferminze?<<
Shit. Jetzt hatte ich zugegeben, dass ich seinen Tee nachgemacht hatte.
>>Pfefferminze klingt super<<, sagte Fadi und kam zu mir herüber. >>Kann ich dir helfen?<<
>>Du kannst das Brot schneiden, wenn du willst.<<
Er stand jetzt direkt neben mir und unsere Unterarme berührten sich kurz. Er schnitt das Brot und sah dabei zu mir rüber.
>>Guck hin, sonst schneidest du dich noch!<<
Er tat so, als gehorche er mir aufs Wort und machte eine Geste der Untergebenheit. Dabei grinste er jedoch schelmisch und bewegte ausschließlich seine Augen zu

mir herüber, die zurück zum Brot schnellten, sobald ich ihn vorwurfsvoll ansah.

Wir aßen auf der Terrasse und obwohl ich keinerlei Appetit hatte, zwang ich mich, etwas zu essen. Es gab Hühnchen mit einem Gemüse, das aussah wie Spinat, aber *Mlukhiye* hieß, und dazu Reis. Meine Mutter war extra in einen arabischen Supermarkt gefahren, um all die Zutaten und Gewürze zu bekommen. Nachdem ich mich gezwungen hatte, einen Happs zu essen, erfuhr ich in meinem Mund eine wahre Geschmacksexplosion. Dieses Essen war so lecker, dass meine Übelkeit schlagartig riesengroßem Hunger wich und ich gleich zwei Megaportionen aß. Danach fühlte ich mich so gut wie schon lange nicht mehr. Mama und Jörg räumten irgendwann den Tisch ab und Julius verschwand wieder im Tischlerschuppen, um die Specksteine in irgendwelche freakigen Fantasiefiguren zu verwandeln.

Fadi und ich setzten uns auf die Hollywoodschaukel und er gab uns mit seinem Fuß ein wenig Anschwung. Er lehnte sich an und legte die Hand auf seinen Bauch.

>>Oh Mann, bin ich vollgefressen! Deine Mutter kann echt gut kochen. Das hat mich wirklich an zu Hause erinnert.<<

>>Vermisst du es doll, dein Zuhause?<<

Wir saßen beide angelehnt an die Rücklehne und ließen die Beine baumeln. Er drehte seinen Kopf zu mir, sodass unsere Gesichter nur etwa 30 cm voneinander entfernt waren.

>>Ja, sehr. So sehr, dass mein Herz immer etwas wehtut. Mein Zuhause gibt es leider nicht mehr. Wir haben in der Innenstadt gewohnt, in Homs. Wir hatten eine schöne große Wohnung im ersten Stock über der Praxis meines Vaters. Er ist Zahnarzt und meine Mutter Zahntechnikerin.<<

Sein Blick richtete sich jetzt nach unten und seine Finger spielten mit der Kordel seiner Kapuzenjacke.

>>Wo sind deine Eltern jetzt?<<

Ich hasste mich für meine plumpe und unsensible Frage, aber er sah mich wieder an und atmete einmal ganz tief ein und wieder aus.

>>Sie sind im Libanon in einem Flüchtlingscamp. Wir mussten aus Homs fliehen, als die Bombardierungen dort losgingen. Wir ließen alles zurück und gingen zuerst zu Verwandten nach Aleppo, weil der Krieg noch nicht bis dahin vorgerückt war. Dort erfuhren wir, dass unser Haus in Homs kurze Zeit, nachdem wir geflohen waren, völlig zerstört wurde. Als der Krieg dann auch in Aleppo ankam, sind wir in den Libanon geflohen.<<

Seine Augen sahen unendlich traurig aus und ich hätte am liebsten seine Hand genommen. Ich wusste nicht, was ich sagen sollte und sagte einfach nichts, sondern blickte ihn nur an. Er holte sein Handy aus der Hosentasche und zeigte mir Fotos von seinen Eltern. Auf einem war er mit seiner Mutter zu sehen, als er noch viel jünger war, vielleicht sieben oder acht. Er kuschelte sich an sie und beide strahlten. Sie sah wunderschön und sehr warmherzig aus. Die Vorstellung, dass er hier ganz alleine war und seine Eltern so weit weg, brach mir das Herz.

In dem Moment kam Julius aus dem Schuppen zu uns rüber.

>>Guckt mal. Ist der nicht cool?<<

Er zeigte uns einen krumpeligen Stein, der entfernt Ähnlichkeit mit einem zweiköpfigen Drachen hatte. Fadi nahm ihn in die Hand und strich mit seinen Fingern über die Struktur des Steins.

>>Wow, der ist ja toll. Den hast du so schnell gemacht? Du musst ein bisschen Öl draufmachen, dann glänzt er schön. Hat er eine bestimmte Bezeichnung?<<

Fadi schien wirklich ganz angetan von den Feil- und Schleifkünsten meines verrückten kleinen Bruders.

>>Nein, er hat noch keinen Namen. Er ist auch noch nicht fertig. Ich muss die Schuppen noch deutlicher herausarbeiten und die Zungen müssen noch einen Spalt bekommen. Wie heißt denn Drache auf Syrisch?<<

Fadi lachte und machte dann einen ganz anerkennenden Gesichtsausdruck.

>>In Syrien sprechen die meisten Menschen Arabisch. Drache heißt auf Arabisch *tanin*.<<

>>Cool, dann werde ich ihn so nennen und gleich morgen in unser Spiel einbauen. Ich muss ihn jetzt schnell fertig machen.<<

Julius flitzte zurück zum Schuppen und Fadi blickte ihm lächelnd hinterher.

Mama und Jörg saßen mit einer Flasche Wein auf der Terrasse und von der Anlage im Wohnzimmer ertönte

Musik. Als ich zu ihnen herübersah, küssten sie sich gerade und ich drehte mich blitzschnell zu Fadi um, der das auch gesehen hatte.

>>Bäh. Wie ekelig!<<, brach es aus mir heraus, aber Fadi lachte nur.

>>Guck nicht hin. Guck zu mir und erzähl mir was von dir<<, sagte Fadi und lehnte sich wieder entspannt zurück.

Julius
Am Sonntag wollte ich mich wie immer mit Tobi und
Adam bei Benno zum *D&D*-Spielen treffen. Ich hatte
Benno gefragt, ob er was dagegen hätte, wenn Vinnie
auch mitkäme. Er hatte zwar Bedenken, dass seine
Mutter Einwände haben könnte, weil Vinnie sich nicht
immer so toll benahm, aber nach einigen Überredungs-
versuchen willigte er schließlich ein. Vinnie holte mich
mit dem Fahrrad ab und wir fuhren gemeinsam zu
Benno.
>>Vinnie, du musst dich echt benehmen, wenn wir zu
Benno gehen. Die Mutter ist voll die Übermutti und
macht ´n bisschen viel Wind. Sag einfach nur Hallo und
sonst nichts<<, instruierte ich Vinnie auf dem Weg.
>>Ja ja, schon gut, reg dich ab. Ich werde mein Bestes
geben.<<
Er sah mich ein bisschen beleidigt an und ich überlegte
kurz, ob ich ihm vielleicht Unrecht getan hatte. Andererseits schien er in der Schule meistens ERST zu handeln
und DANN zu denken, was extrem oft zu Auseinanderset-
zungen mit anderen führte, weil Dinge kaputtgingen oder
aus dem Fenster flogen, jemand zu körperlichem Scha-
den kam oder verbal in Mitleidenschaft gezogen wurde.
Trotzdem tat mir meine Moralpredigt nun leid und ich
zeigte ihm schnell meinen neuen zweiköpfigen Drachen.
>>Der ist ja geil. Hat dir der Alte deiner Mutter noch
mehr von dem Steinzeug mitgebracht? Lass mal noch ´n
paar andere Figuren machen.<<

Als wir bei Benno ankamen, öffnete uns seine Mutter die Tür.

>>Oh, hallo ihr Zwei. Hast du Bennos Nachricht nicht bekommen? Er liegt doch mit einer Erkältung im Bett.<<

Mich überraschte zwar, dass ich Bennos Nachricht nicht bekommen hatte, dass er krank war jedoch nicht. Benno war sehr oft „krank". Bei ihm galt jedoch auch ein kleiner Schnupfen als krank. Sobald er mal nieste, steckte ihn seine Mutter ins Bett und machte ihm irgendwelche Kräuterwickel. In der Schule verpasste er deshalb sehr viel Stoff mit der Folge, dass er in den Klassenarbeiten und Tests immer ziemlich schlechte Noten bekam.

>>Hm. Und jetzt?<<, fragte ich Vinnie.

>>Lass zu mir fahren. Ich glaub, meine Eltern sind nicht da. Meine Schwester hat mal wieder ´ne Aufführung mit ihrem Orchester und meine Eltern sitzen in der ersten Reihe und werfen sich stolze Blicke zu. Meine Mutter fängt an zu flennen und mein Vater applaudiert extrem laut, damit auch ja jeder mitbekommt, dass das seine Tochter ist, die das Geigensolo gespielt hat.<<

Vinnie rollte mit den Augen. ich hatte nicht damit gerechnet, dass ausgerechnet Vinnies Schwester ein geigendes Wunderkind war.

>>Spielst du auch ein Instrument?<<, fragte ich ihn irritiert.

>>Meine Eltern haben nach ein paar Monaten eingesehen, dass aus mir wohl kein Geiger wird. Spätestens, als ich meine Geige irgendwie kaputt gekriegt habe, sind sie

dem Rat meines Geigenlehrers gefolgt und haben mich beim Schlagzeug angemeldet.<<

Ich musste lachen. >>Das passt auch besser zu dir.<<

Bei Vinnie zu Hause zockten wir an seiner Playstation und vergaßen völlig die Zeit. Als wir das nächste Mal hochguckten, waren schon drei Stunden vergangen. Vinnies Zimmertür ging auf und seine Mutter lugte herein. >>Hey, ihr Zwei. Du musst Julius sein. Vinnie hat mir schon von dir erzählt. Wolltet ihr nicht bei irgendwem dieses Rollenspiel spielen gehen?<<

Ich stand auf und gab Vinnies Mutter die Hand.

>>Ja, mein Freund Benno, bei dem wir immer spielen, ist krank.<<

>>Ach so, dann kommt jetzt aber mal von der Playstation weg. Habt ihr Hunger? Wir haben was vom Chinesen mitgebracht.<<

Als sie von Essen sprach, wurde mir klar, dass ich seit dem Frühstück nichts mehr gegessen hatte und sofort spürte ich ein riesengroßes Loch in meinem Magen. Wir setzten uns alle an den großen Esstisch und ich war überrascht, wie normal und nett Vinnies Familie war. Seine Schwester war zehn und schien im Gegensatz zu Vinnie völlig ruhig und ausgeglichen. Sein Vater war ein dicker großer Mann, dessen laute Lache total ansteckend war. Seine Mutter war ebenfalls groß, aber sehr schlank. Sie hatte raspelkurze Haare und erinnerte mich an die Frau aus der Niveawerbung. Der einzige, der irgendwie komisch war, war Vinnie. Er pickte seine Nudeln mit Stäbchen auf und sog sie lautstark zwischen seinen

Lippen hindurch in seinen Mund. Er hibbelte die ganze Zeit auf seinem Stuhl herum und stieß einmal fast sein Glas um. Seine Eltern ermahnten ihn zwar, dass er sich benehmen sollte, aber das schien keine Wirkung zu zeigen. Während wir nach dem Essen wieder in sein Zimmer gingen, suchte ich noch schnell die Toilette auf. Als ich auf dem Flur wieder in Richtung Vinnies Zimmer ging, hörte ich seine Mutter mit Vinnie in seinem Zimmer sprechen und blieb stehen, weil es sich anhörte, als ob sie stritten.

>>Mann Mama, lass mich doch mal in Ruhe jetzt!<<, polterte Vinnie genervt.

>>Ich mein ja nur. Frau Peters ruft ständig bei mir an. Auf der letzten Klassenkonferenz wurde beschlossen, dass du nicht beim Wandertag mitkommen darfst und als Nächstes droht dir die Versetzung in die Parallelklasse. Deine Noten sind superschlecht, obwohl alle Lehrer sagen, dass du das Potential hast, sehr gut zu sein, du dich aber einfach nicht konzentrieren kannst und sie in den Wahnsinn treibst. Das ist doch Scheiße! Mit den Tabletten hat es doch in der Grundschule gut geklappt. Du müsstest sie ja nicht immer nehmen, nur morgens an Schultagen.<<

Die Stimme von Vinnies Mutter klang sehr verzweifelt.

>>Ich will die Scheißpillen aber nicht wieder fressen! Die machen mich total bekloppt. Du weißt nicht, wie das ist!<<

>>Das stimmt. Das weiß ich nicht. Ich weiß nur, dass sie dir helfen, besser in der Schule klarzukommen und dass es dir auf lange Sicht dadurch auch besser geht.<<

>>MIR geht es mit den verfickten Tabletten nicht besser, nur allen ANDEREN, weil ich ihnen dann nicht mehr auf den Sack gehe.<<

>>Ja, Vinnie, aber du lebst nun mal mit all den anderen zusammen und nicht auf einer einsamen Insel. Vielleicht könnten dir die Tabletten nur übergangsweise helfen, bis sich deine Lehrer wieder beruhigt haben. Wenn du weiter zur Ergo gehst und einfach älter wirst, dann meint Dr. Jäger, dass es dann eh mit der Zeit besser wird und du lernst, damit umzugehen. Bitte denk nochmal drüber nach. Du weißt, wir lieben dich, so wie du bist und wollen nur das Beste für dich.<<

Ich hörte, wie sie Vinnie einen Kuss gab.

>>Mann, ieh, Mama! Lass mich jetzt.<<

Ich vernahm ihre Schritte zur Tür kommen und sah sie im gleichen Moment schon vor mir stehen.

>>Oh Julius<<, sagte sie überrascht, >>wollt ihr nicht ein bisschen in den Garten gehen? Ihr könntet mir mal die Schnecken aus dem Gemüsebeet sammeln. Die Mistviecher fressen mir alles weg.<<

Ihr Lächeln wirkte etwas aufgesetzt und sie verschwand im Wohnzimmer. Als ich in Vinnies Zimmer kam, wich er meinem Blick aus.

>>Alles ok?<<, fragte ich etwas unsicher.

>>Ja ja, meine Mutter stresst nur rum. Lass zum Bolzplatz fahren und 'n bisschen kicken.<<

Ich sah auf meine Handyuhr und mir fiel ein, dass ich ja noch bei Papa vorbeigehen wollte.

>>Ich glaub, ich muss jetzt mal langsam los. Mein Vater schickt mir ständig Nachrichten, wann ich endlich komme.<<

>>Ok. Bis morgen dann.<<

Vinnie sah immer noch sehr frustriert aus und ich fragte mich, worum es in dem Streit mit seiner Mutter genau gegangen war.

Ich fuhr mit dem Fahrrad zu Papa und freute mich tierisch darauf, ihn zu sehen. Mir wurde in dem Moment klar, wie sehr ich ihn in den letzten Tagen vermisst hatte. Papa ging es offensichtlich ähnlich, denn er zerquetschte mich fast in seinen Armen, als wir uns begrüßten. Als ich seinen Geruch wahrnahm, fühlte ich mich sofort unendlich wohl. Wir schlumperten auf der Couch herum und Papa erzählte mir von seiner Bergwandertour, die er an diesem Wochenende im Harz gemacht hatte.

>>Das nächste Mal musst du unbedingt wieder mitkommen! Es hätte dir supergut gefallen<<, sagte er begeistert. Ich erzählte ihm von meinen Treffen mit Jörg und Fadi und gab zu, dass ich mich nun auch in die Riege derer einreihen musste, die Jörg ok fanden. Ich wollte das erst nicht zugeben, weil ich dachte, dass es Papa verletzen könnte, dass ich seinen Nachfolger mochte, aber er kitzelte es förmlich aus mir heraus und bestätigte meinen Eindruck, dass er an einer posttraumatischen Belastungsstörung leiden musste, nochmal. Dabei fiel mir wieder ein, dass ich mir unbedingt einen Termin bei Dr. Wasmund machen sollte. Ich hätte Papa auch gerne von meinem Liebeskummer wegen Sarah erzählt, aber ich

hatte Sorge, dass seine noch so frischen Wunden eventuell noch stärker aufreißen könnten, wenn ich ihm von unerwiderter Liebe erzählte. Also erzählte ich ihm stattdessen von dem Streit, den ich zwischen Vinnie und seiner Mutter unfreiwillig belauscht hatte.

>>Hm, ich weiß auch nicht, was das für Tabletten sein sollen<<, kommentierte er stirnrunzelnd. >>Ich weiß nur, dass dein Cousin, Jan, auch Tabletten während der Schulzeit nehmen muss und die Gründe sind auch ähnlich, wie die, die du schilderst. Meine Schwester hat ganz schön zu tun mit ihm. Er hat ADHS. Das ist so'ne Konzentrationsschwäche. Wenn er die Dinger nicht nimmt, zappelt er nur rum und kann überhaupt nichts aufnehmen. Das muss echt krass sein.<<

Mittlerweile war es schon spät und wir waren beide total müde.

>>Willst du nicht hier schlafen? Ich sag Mama Bescheid und du gehst morgen einfach 'n bisschen früher los und holst noch deine Schulsachen von zu Hause.<<

Das hörte sich gut an. Wir kuschelten uns zusammen ins Bett und quatschten noch ein bisschen, bis uns die Augen zufielen.

Rosa

Nachdem ich Frau Bley bei unserer ersten Konsultation von meinem Plan erzählt hatte, über die Situation von Geflüchteten in Deutschland zu schreiben, kamen wir nach einem langen Gespräch zu einer Eingrenzung des Themas. Wir legten fest, dass ich der Frage auf den Grund gehen sollte, was Integration eigentlich genau bedeutet und wie diese am ehesten gelingen kann. Untersuchen sollte ich, welche Maßnahmen und Angebote es speziell für minderjährige Geflüchtete in Berlin und Umgebung gibt und wie diese dabei helfen, den Prozess der Integration zu fördern. Ich besorgte mir jede Menge Literatur und suchte mir Adressen von Einrichtungen heraus, die Hilfen und Angebote für minderjährige Geflüchtete anboten. Als ich gerade einmal wieder zu Hause saß und in der Informationsflut zu ertrinken drohte, kam meine Mutter um die Ecke.

>>Mann ey, ich blick hier überhaupt nicht durch und die Sprache in der Fachliteratur verstehe ich zum Teil gar nicht. Können die mal normales Deutsch schreiben? Alles nur Fremdwörter!<<, stöhnte ich verzweifelt.

>>Wie gesagt, Rosi, Jörg hilft dir bestimmt gerne. Komm doch am Freitag einfach nochmal mit ins Café. Oder du rufst ihn mal an.<<

Boa, typisch meine Mutter. Als wenn ich Jörg anrufen würde! Auf gar keinen Fall.

>>Freitag? Ja, ok. Wenn ich bis dahin immer noch keine Peilung habe, wie ich durch diesen Wust hier durchblicken soll, komme ich mit.<<

Ich hätte gerne gefragt, ob Fadi auch wieder da sein würde, aber wollte mich nicht outen. Tatsache war, dass es jetzt schon Anfang Juni war und ich die Facharbeit bis zum 31. Juni fertig haben musste. Viele hatten ihre Arbeit auch schon am 31. Januar abgeben müssen, aber weil einige Lehrer sehr viele Facharbeiten zu betreuen hatten, durften diese zwei Deadlines vergeben. Ich hatte das Glück, für den zweiten Termin ausgelost worden zu sein. Doch auch der rückte nun unaufhaltsam näher.

Am Mittwoch saß ich grade im Deutschunterricht, als ich eine Quickchatnachricht bekam. Mein Handy vibrierte fast lautlos in meiner Hosentasche und als Frau Bley gerade nicht hinguckte, sah ich nach, von wem die Nachricht war. Es war eine Voicemail-Nachricht von einer mir unbekannten Nummer. Da Frau Bley jeden Moment wieder zu mir herübergucken konnte, erhaschte ich nur einen ganz kurzen Blick auf das winzig kleine Profilbild und meinte, Fadi darauf zu erkennen. Ich packte das Handy schnell wieder in meine Hosentasche, saß wie erstarrt da und glaubte, das Blut würde in meinen Adern gefrieren. Dann wurde mir total heiß und mein Gesicht musste die Farbe einer Tomate angenommen haben. Frau Bley ging gerade herum und half einigen Schülern beim Verfassen einer Figurencharakteristik zu *Ferdinand von Walter* aus *Kabale und Liebe*. Ihr Blick traf meinen und sie sah mich besorgt an. Sie kam zu mir herüber und für einen Moment dachte ich, dass sie vielleicht doch mein Handy gesehen hatte.

>>Ist alles in Ordnung, Rosa? Du bist knallrot im Gesicht. Hast du Fieber?<<

>>Ich weiß auch nicht. Mir ist ein bisschen übel. Kann ich mal kurz an die frische Luft gehen?<<

>>Ja klar. Soll dich jemand begleiten?<<, bot Frau Bley an.

>>Nein, nein, geht schon. Ich brauche bestimmt nur einen kleinen Moment.<<

Sarah sah mich fragend an, aber ich winkte ab und verließ den Klassenraum. Ich ging zur Toilette und holte mein Handy hervor. Tatsächlich, das Profilbild zeigte Fadi. Mein Herz schlug mir bis zum Hals und ich drückte den Abspielknopf. Fadis wunderbar warme Stimme ertönte.

>>Hi Rosa, deine Mutter hat mir deine Nummer gegeben. Ich hoffe, du bist ihr nicht böse. Sie hat mir erzählt, dass du überlegst, Freitag ins Café zu kommen und ich wollte dir nur sagen, dass ich mich sehr freuen würde, dich zu sehen.<<

Das war's. Das war seine Nachricht. Ich hielt mir meine Hand vor den Mund und atmete einmal kurz tief ein. Mein Gesicht wurde noch heißer und ich hatte das Gefühl, mich setzen zu müssen. Das tat ich auch, auf den Boden im Waschbereich der Mädchentoilette. Ich lehnte mich an die kalte gefliese Wand und die Kühle fühlte sich herrlich an meinem Rücken an.

Auf einmal ging die Tür auf und Sarah kam herein.

>>Ach hier bist du! Ich hab dich schon überall gesucht. Frau Bley meinte, ich soll doch mal nach dir sehen. Was machst du denn da auf diesem ekelhaft keimigen Drecksboden? Was ist denn mit dir los?<<

Sie reichte mir die Hand, aber anstatt aufzustehen, zog ich sie zu mir herunter.

>>Setz dich und hör dir das an.<<

Ich spielte die Nachricht nochmal für sie ab und sie stieß einen leisen schrillen Schrei aus.

>>Ist er das? Oh Gott, voll der süße Akzent! Spiel sie nochmal ab. Was hat er genau gesagt?<<

Wir spielten die Nachricht noch ungefähr fünfmal ab und analysierten jedes Wort haargenau.

>>Krass! Was soll ich denn antworten? Warum schickt er denn Voicemail-Nachrichten und schreibt nicht?<<

Ich rieb mir etwas ratlos die Stirn.

>>Na, vielleicht hat er das gleiche Problem wie Leon. Nur Fadi hat einen besseren Grund für sein Problem.<<

Sarah sprach in Rätseln.

>>Hä? Was denn für'n Problem?<<

>>Na das Schreiben. Ich meine, Fadi spricht ja schon echt megagut, aber stell dir mal vor, wie krass das für ihn sein muss, auf Deutsch zu schreiben. Ich meine, in Syrien hat er doch eine ganz andere Schrift gelernt. Hast du mal arabische Schrift gesehen? Voll krass! Stell dir vor, du müsstest das schreiben lernen!<<

Ja, klar. Sarah hatte mal wieder den Durchblick. Schreiben war bestimmt tausendmal schwerer als sprechen für ihn.

>>Ok, dann müsste ich aber auch per Voicemail antworten, oder?<<

Ich sah Sarah fragend an.

>>Ja, das ist sonst vielleicht blöd für ihn.<<

>>Gut, aber was sag ich denn jetzt bloß?<<

>>Na, das ist nun nicht so schwierig. Du sagst ihm einfach, dass du kommst und dich auch auf ihn freust. Fertig.<<

>>Du hast gut reden. Das ist total schwierig! Geh schon mal in die Klasse zurück und sag Frau Bley, dass es mir besser geht und ich gleich komme. Ich muss das hier alleine machen.<<

Als Sarah weg war und die Tür hinter ihr ins Schloss knallte, nahm ich all meinen Mut zusammen und antwortete.

>>Hi Fadi, ja, also, dass meine Mutter dir meine Nummer gegeben hat, ist gar nicht schlimm, äh, ich meine voll gut. Ich bin ihr natürlich nicht sauer, äh böse und ähm, ja also ich komme am Freitag voll gerne ins Café und freue mich auch schon, also auf dich … und Jörg und so und ja, auf alles. Ja, ok, tschüss bis Freitag dann.<<

Sobald ich den Knopf losließ, fing ich an zu fluchen. Was für eine Scheißnachricht! Ich spielte sie nochmal ab und schämte mich vor mir selbst zu Tode. Wie oft kann man denn bitte *ähm* sagen? Und meine Stimme hörte sich voll aufgeregt an. Shit, ich Vollhorst! Im gleichen Moment vibrierte mein Telefon. Es war Fadi.

Julius

Am Donnerstag hatte Vinnies Klasse Wandertag und fuhr ins *Tropical Island*. Doch aufgrund des Vorfalls mit Lilly Meiers fliegendem Rucksack war Vinnie per Klassenkonferenzbeschluss von diesem Trip ins künstliche Badeparadies ausgeschlossen. Das Tröstliche daran war, dass er stattdessen den Schultag in meiner Klasse verbringen sollte, worauf ich mich erst freute, was dann aber zu einer echten Stressprobe wurde. Da Benno immer noch mit Schnupfen zu Hause im Bett lag, war der Platz neben mir der einzig freie. In der ersten Stunde ging es noch einigermaßen, aber je später es wurde, desto hibbeliger wurde Vinnie. Sein rechtes Bein wackelte unaufhörlich vor sich hin, so als hätte es einen eingebauten Motor. Er tippte ständig mit seinem Stift irgendeinen Rhythmus auf den Tisch, als sei dieser ein Schlagzeug. Er warf permanent sein Hertha-Portemonnaie vor sich in die Luft, stand bestimmt fünfmal in jeder Stunde auf, um seinen Bleistift über dem Papierkorb anspitzen zu gehen; um ein zuvor lautstark zerknülltes Stück Papier, das er neben den Mülleimer geworfen hatte, dann in den Mülleimer zu legen; um den Inhalt seiner Federtasche aufzuheben, der ihm vorher laut scheppernd zu Boden gefallen war; um der Streberin, Paula Hahn, ihren Radiergummi wegzunehmen; um nach vorne zum Lehrer zu gehen, um zu fragen, ob er auf die Toilette gehen dürfe und wegen tausend anderer überaus wichtiger Dinge. Wenn ich ihn bat, mich nicht permanent im Flüsterton vollzutexten, mir nicht ständig seinen Ellenbogen in die Seite zu rammen oder auf mein Blatt zu malen, erfüllte er mir für ungefähr drei Minuten meinen Wunsch, bevor er mich wieder anquatschte, anstupste oder anmalte. Die Lehrer motzten ihn in einem Fort an, aber als stünde er unter Druck wie eine geschüttelte Colaflasche, platzte es immer wieder aus ihm heraus. Die Schüler, die nicht völlig entnervt waren, amüsierten sich über Vinnie und seine Aktionen. Ich jedenfalls war nach diesem Schultag fix und fertig. Als die letzte Stunde vorbei war, raste Vinnie wie ein Rennpferd aus der Startbox aus dem Klassenzimmer und rumpelte laut grölend den Korridor entlang.

Als ich ihn später bei den Fahrradständern traf, schien er auf einmal völlig entspannt. Er hatte auf mich gewartet, denn wir wollten bei mir im Garten weiter Figuren aus den Specksteinen feilen, die Jörg mir mitgebracht hatte. Da ich jedoch völlig entnervt von ihm und diesem Schultag war, hatte ich da wenig Lust zu.

>>Hey, da bist du ja endlich<<, trällerte er, als wenn das ein völlig normaler Tag für ihn gewesen wäre.

>>Ja. Rennt ja nicht jeder wie so'n Irrer los, sobald es klingelt<<, erwiderte ich etwas gereizt.

>>Hä, was meinst du denn? Ist alles ok? Du wirkst so schlecht gelaunt.<<

Vinnie peilte offensichtlich gar nichts.

>>Ich bin nicht schlecht gelaunt. Ich bin nur völlig genervt!<<, blaffte ich ihn an.

>>Wovon denn?<<

Er schnallte es offensichtlich wirklich nicht.

>>Vinnie, du warst abartig, scheiße, anstrengend, ätzend, nervig … bescheuert!<<, brach es nun aus mir heraus. Er sah mich verständnislos an.

>>Wie meinst du das?<<

>>Mann ey! Raffst du's nicht? Du machst mich irre! Und alle anderen auch! Mit deiner zappeligen Art und deinen kanonenartigen Ausbrüchen. Alles, was du machst, machst du … zu doll! Das ist doch nicht normal!<<

Er sah mich ungläubig an.

>>Du hörst dich ja schon an wie meine Mutter! Was war denn jetzt so schlimm?<<

>>Was so schlimm war? Mein rechter Rippenbogen ist übersät mit blauen Flecken, mein Nacken sieht aus wie ein Barcode, weil ihn diverse Filzer- und Textmarker-striche zieren, ich habe heute KEINEN Unterrichtsstoff mitbekommen, weil du mir die ganze Zeit ein Ohr abge-kaut hast. Das war so schlimm. Ok? Das war echt schlimm. Das war scheiße!<<

Meine Stimme wurde ziemlich laut und ein paar ältere Schüler glotzten uns etwas dämlich an.

>>Ok<<, sagte Vinnie ganz leise. >>Es tut mir leid. Ich merke das nicht. Es tut mir leid, wenn ich dir wehgetan habe. Das wollte ich nicht. Meine Mutter hat wahrschein-lich Recht. Ich sollte einfach diese Scheißpillen fressen und dann wär ich nicht so ein nervtötendes Arschloch.<<

Er blickte zu Boden und stocherte mit seinem Turnschuh im Kies herum. Jetzt tat er mir auch irgendwie leid. War ich vielleicht zu direkt gewesen?

>>Ich versteh das einfach nur nicht. In der *D&D*-AG bist du doch auch nicht so hibbelig. Da bist du voll bei der Sache und spackst nicht die ganze Zeit nur rum.<<

Ich sah ihn verständnislos an.

>>Da sind wir ja auch nur zu sechst. Und außerdem macht mir das Spaß. In der Klasse sind so viele Leute, Geräusche, Gerüche, Aufgaben, Zeitvorgaben, Themen, die mich nicht interessieren, Lehrer, die mich nicht mögen, Schüler, die mich für einen Spasti halten. Da dreh ich einfach durch. Ich will das auch nicht. Ich wünschte, ich wär so gechillt wie du, aber das bin ich halt einfach nicht. Bin ich noch nie gewesen. Seit ich denken kann, gehe ich allen auf den Sack.<<

>>Ja, und warum nimmst du die Tabletten dann nicht einfach? Was ist denn so schlimm an ihnen?<<

>>Ich weiß nicht, wie ich das beschreiben soll. Ich fühle mich dann wie … betäubt. Ich bin nicht mehr richtig ich selbst. Ich spüre mich nicht mehr richtig. Ich bin wie unter so einer Glasglocke. Alles ist irgendwie gedämpft und ich bin nicht mehr so fröhlich. Die anderen sind dann mit mir zufrieden, aber ich bin einfach nicht mehr ich.<<

Ok, das klang einleuchtend. Trotzdem war ich froh, dass Vinnie nicht jeden Tag neben mir saß und mich in den Wahnsinn trieb.

Rosa

Die Stunden vom Empfang der Sprachnachricht bis wir Freitagnachmittag endlich losgingen, vergingen wie in Zeitlupe. Aus den Schmetterlingen in meinem Bauch wurden langsam aber sicher Flugsaurier und Essen, Schlafen oder Lernen schienen völlig überbewertete Tätigkeiten, zu denen ich mich außer Stande fühlte. Fadis Sprachnachricht spielte ich stündlich ab und war froh, dass es bei Quickchat keine Funktion für den Sender gab, die Häufigkeit des Abspielens seiner Nachrichten zu checken. Dafür ertappte ich mich öfter dabei, Fadis Online-Status zu überprüfen und fragte mich jedes Mal, was er wohl gerade machte.

Als wir endlich ankamen, sah ich Fadi mit einer Frau und einem kleinen Kind an einem der Tische drinnen sitzen. Es war ein sehr heißer Sommertag und da ich neben dem Essen auch das Trinken vernachlässigt hatte, verspürte ich auf einmal einen Riesendurst. Fadi begrüßte mich nur mit den Augen und deutete mir durch seinen erhobenen Zeigefinger an, dass er gleich Zeit für mich haben würde. Ich begrüßte inzwischen Jörg, und Mama stellte mich noch ein paar anderen Leuten vor. Ich bestellte mir an der Theke Wasser und setzte mich draußen unter einen Sonnenschirm. Ich trug ein Maxikleid und Flipflops und meine Haare, die ich dieses Mal frisch gewaschen hatte, waren zu einem lockeren Dutt zusammengeknotet. Ich trank das Wasser in einem Zug aus und beobachtete die vorbeigehenden Leute auf dem Gehweg vorm Café. Eine junge Mutter, die ihren Sohn an einen Baum pinkeln ließ, ein Typ in Jogginghose, der lautstark in sein Handy quatschte, ein Pärchen, das in den Stadtführer blickend, irgendetwas zu suchen schien, eine Gruppe circa zehnjähriger Jungs, die abwechselnd einen Fußball vor sich herkickten. Ein BVG-Bus hielt und die Aussteigenden pöbelten die Einsteigenden an, dass sie gefälligst warten mögen. Als ich so gedankenverloren vor mich hinstarrte, merkte ich auf einmal, dass jemand neben mir stand. Ich schaute hoch und sah Fadi, der eine Jeans, ein weißes T-Shirt und eine Sonnenbrille trug. Ich erhob mich und hätte ihn am liebsten umarmt, aber stand nur blöd vor ihm herum. Er stellte mir einen Tee auf den Tisch und grinste mich mit diesem wundervollen Lächeln an.

>>Hier, Madam, so wie du ihn magst. Schön, dass du gekommen bist.<<

Er schob seine Sonnenbrille hoch auf seinen Kopf und setzte sich neben mich.

>>Oh, danke. Wo ist deiner?<<

Er holte sein Handy raus und tippte darauf herum.

>>In drei Stunden und zwölf Minuten trinke ich mindestens zwei Liter<<, informierte er mich entschlossen.

Ich glotze ihn nur an wie 'ne Kuh, also füllte er meine Verständnislücke.

>>Ramadan. Meine App sagt mir, dass in drei Stunden und zwölf Minuten die Sonne untergeht.<<

Er starrte auf meinen Tee. >>Trink du solange für mich mit.<<

>>Wie jetzt? Trinken darf man da auch nicht? Ich dachte, dass man nur nichts essen darf. Das ist ja krass bei der Hitze.<<

Ich sah ihn geschockt an.

>>Ja, es fällt schon schwer, aber dann denke ich an meinen Bruder und meine Eltern und weiß, dass sie das auch machen und dann fühle ich mich ihnen irgendwie nah. So als ob man den Mond ansieht und weiß, dass die, die nicht bei einem sind, den gleichen Mond sehen. Dann fühlen sie sich schon nicht mehr so unerreichbar weit weg an. So kann ich den Hunger und Durst ganz gut ertragen.

>>Soll ich meinen Tee lieber wegstellen? Ich will dich ja nicht unnötig quälen.<<

>>Nein, nein, ich hab ihn dir ja extra gemacht. Wenn mich jemand quälen darf, dann du.<< Er grinste mich ein bisschen frech an und ich schlürfte daraufhin demonstrativ genüsslich meinen Tee.

>>Jörg hat mir erzählt, du schreibst eine Arbeit über die Integration von Flüchtlingen. Bin ich also dein Versuchskaninchen?<<

Fadi zog seine Oberlippe hoch und versuchte einen Hasen zu imitieren. Ich konnte nicht fassen, dass meine Mutter schon wieder gequatscht hatte.

>>Nein, eher meine Laborratte<<, konterte ich lachend.

>>Ah, in jedem Fall wirfst du mich aber weg, wenn deine Arbeit fertig ist, nehme ich an.<<

Er sah mir jetzt zum ersten Mal so richtig tief in die Augen.

>>Nein, danach baue ich dir ein großes Auslaufgehege in unserem Garten und füttere dich mit Speck. Also nicht vom Schwein und erst wenn deine App sagt, dass Ramadan vorbei ist.<<

>>Gut, da könnte ich mich drauf einlassen. Wie sieht's mit Streicheleinheiten aus?<<

>>Einmal am Tag. Deal?<<

>>Deal!<<

Er lachte glücklich. >>Ach Rosa, wenn ich hier mit dir sitze, fühle ich mich voll integriert, aber wenn ich am LAGeSo stundenlang in der Schlange stehe, um dann wieder weggeschickt zu werden, weil es doch keinen Termin mehr gibt, fühle ich mich wie ein Alien. Ich habe so ein Glück, dass ich Jörg kennengelernt habe. Damals konnte ich kein Wort Deutsch und wurde in die Willkommensklasse bei ihm an der Schule gesteckt. Er ist echt ein toller Lehrer.<<

Fadis Blick zeigte so viel Respekt und Bewunderung.

>>Und wie kam das dann, dass du zu ihm gezogen bist?<<

>>Er hat mir immer bei all den Anträgen und Formularen geholfen und hat mitbekommen, dass ich von einer Massenunterkunft in die nächste geschickt wurde und hat mich auch ein paar Mal dort besucht. Bei der Letzten hat er sich dann mit der Leiterin über irgendetwas total gestritten und hat mich mit zu sich genommen. An dem Abend hat er mir gesagt, dass er mich nicht mehr dahin zurückgehen lässt. Seitdem wohne ich bei ihm. Ich glau-

be, er hat ziemlich dafür kämpfen müssen, dass das bewilligt wurde.<<

>>Und auf welcher Schule bist du jetzt und wie fühlst du dich da?<<

Ich kam mir vor wie ein Reporter, der einen Zeitzeugen befragt. Hätte nur noch der Notizblock gefehlt.

>>Ich gehe auf eine Oberschule hier in Schöneberg. In eine ganz normale Klasse. Da falle ich nicht besonders auf, weil da fast alle so aussehen wie ich. Einige sind echt nett da, aber viele wissen es nicht zu schätzen, zur Schule gehen zu können. Bevor ich nach Deutschland kam, habe ich über ein Jahr keine Schule besucht. Erst war ich im Libanon in einem Flüchtlingscamp und dann fast ein halbes Jahr auf der Flucht hierher nach Deutschland. Ich will unbedingt meinen *Mittleren Schulabschluss* machen und dann eine Ausbildung. Ich will es hier schaffen, verstehst du? Ich muss es hier zu etwas bringen, sonst enttäusche ich alle.<<

Er sprach jetzt ganz ernst.

>>Meine Eltern haben meinen Bruder und mich aus dem Libanon losgeschickt, weil wir es besser haben sollten als sie. Sie haben uns ihr letztes Geld gegeben, damit wir irgendwie nach Europa kommen können, um eine Zukunft zu haben. Ich werde sie nicht enttäuschen. Auf keinen Fall.<<

Er schüttelte den Kopf und strich sich mit den Fingern über seinen Bart.

>>Ich habe keinen Zweifel daran, dass du das schaffst, Fadi. Ich habe noch nie jemanden getroffen, der so ist

wie du. Ich glaube, du kannst alles schaffen, was du dir vornimmst.<<

Als er mich etwas verunsichert ansah, merkte ich, dass ich völlig unbewusst meine Hand auf seine gelegt hatte. Er zog sie schnell weg und blickte etwas beschämt zu Boden.

>>Ich bin mir da manchmal nicht so sicher<<, murmelte er.

Oh Gott, war mir das mit der Hand peinlich. Ich traute mich gar nicht mehr ihn anzusehen.

>>Ach Mann Rosa, ich bin so ein Idiot. Du bist das tollsten Wesen, was mir je begegnet ist, aber ich glaub, ich kann nicht der für dich sein, den du dir vorstellst.<<

Er sah mir jetzt wieder in die Augen.

>>Was meinst du denn, >den ich mir vorstelle<? Ich stelle mir gar nichts vor. Ich will einfach nur hier mit dir sitzen und reden. Ist das jetzt auf einmal ein Problem? Du hast doch gesagt, ich soll kommen.<<

Mein Herz formte sich zu einem schrecklichen harten Klumpen zusammen und ich verstand die Welt nicht mehr.

>>Ich weiß. Das wollte ich ja auch so sehr. Aber jetzt machst du mit mir etwas, das ganz komisch ist und ich weiß überhaupt nicht, was das ist und was das soll.<<

>>Entschuldige. Das mit der Hand war doof. Ich...<<

>>Nein, das war ja eben nicht doof, sondern total schön. Das meine ich auch gar nicht. Ich meine, du machst was mit meinem Herzen und meinem Bauch und meinem Kopf. Und ich kann das gar nicht einordnen. Zu Hause

würde ich nie einfach so mit einem Mädchen in einem Café sitzen können. Verstehst du?<<

Hm, ich war mir nicht sicher, ob ich das verstand. War das jetzt gut oder nicht gut? Wenn ich das richtig interpretierte, hatte er mir gerade gesagt, dass er sich in mich verliebt hat. Aber warum konnte er nicht der sein, den ich mir vorstellte? Was stellte ich mir denn vor?

Es herrschte kurz eine unangenehme Stille, die dann zum Glück von einem sehr lauten Handysignal unterbrochen wurde. Ich guckte mich um und merkte, dass es bereits dunkel geworden war.

Wir guckten uns einen kurzen Moment lang an und sagten dann beide gleichzeitig: >>Döner?<<

Wir mussten lachen und Fadi deutete auf den Dönerimbiss gegenüber. Wir wollten gerade die Straße überqueren, als doch noch ein Auto an uns vorbeigeschossen kam. Fadi zog mich an meiner Hand zurück auf den Gehweg und sah mich dann ganz ernst an. Er fasste meine Hand nun ganz fest an und lächelte, während er mir immer noch in die Augen sah.

Julius

Am Samstag wurde Oma endlich aus der Reha entlassen. Mama und ich holten sie ab und fuhren dann direkt mit ihr zu uns nach Hause, wo sie ja jetzt wohnen sollte. Zu ihrer Entlassung hatte sie sich extra hübsch gemacht, allerdings war ihr das dank der noch nicht ganz zurückgewonnen Feinmotorik nur bedingt gelungen. Der Strich, der, nehme ich an, eigentlich ihren Wimpernkranz hatte zieren sollen, verlief kreuz und quer über ihre Augenlider. Ihre Haare hatte sie nur an den Stellen gekämmt, die sie frontal im Spiegel hatte sehen können. Der Rest ihrer Dauerwelle klebte plattgedrückt an ihrem Hinterschädel.

Papa und Moritz hatten die kleine Einliegerwohnung in unserem Keller für sie renoviert und Rosa hatte die Innendekoration übernommen und überall frische Blumen für Oma drapiert.

Mama machte Jägerschnitzel mit Kartoffelbrei, Omas Lieblingsessen, und das erste Mal seit uns Mama und Papa verkündet hatten, dass sie sich trennen, saßen wir wieder alle gemeinsam zusammen am Tisch. Alles schien für einen Moment wie früher, außer dass Oma vielleicht etwas wackliger war und noch öfter direkt hintereinander haargenau die gleiche Geschichte erzählte, als vor ihrem Schlaganfall. Als ich am Tisch in die Runde sah, hatte ich für einen kurzen Augenblick die Hoffnung, dass die vergangenen Wochen nur ein schrecklicher Traum gewesen waren, von dem ich soeben erwacht war. Doch spätestens als sich Papa nach dem Essen verabschiedete, um in Omas alte Wohnung zu gehen, wurde dieser kleine

Hoffnungsschimmer zerschlagen. Nachdem ich dann ohnehin schon etwas niedergeschlagen war, hatte Rosa nichts Besseres zu tun, als mich noch tiefer ins Tal der Hoffnungslosen hinabzuziehen.

>>Übrigens, dein kleiner neuer Spastifreund hat sich jetzt endgültig zu weit aus dem Fenster gelehnt. Sarah hat mir erzählt, dass er sich am Freitag nach der Schule mit einer Gruppe Zehntklässler angelegt und sich dabei wohl eine eingefangen hat.<<

>>Was? Meinst du Vinnie oder wie? Der ist kein Spasti. Was hat er denn gemacht?<<

>>Der Spacko hat Leon angerempelt und wurde dann auch noch frech<<, lachte Rosa fassungslos. >>Der hat echt einen an der Waffel.<<

>>Er ist kein Spacko! Er meint das nicht so. Er ist einfach ein bisschen … unkoordiniert. Er kann da nichts für, er…<<

>>… ist ein Spacko!<<, beendete Rosa meinen Satz.

>>Nur weil er ein bisschen wilder ist, stempeln ihn alle ab. Er ist kein bisschen blöd. Im Gegenteil, er hat bestimmt den dreifachen IQ von Leon, diesem Idioten. Ich weiß echt nicht, was Sarah an dem findet, der ist doch voll hohl.<<

>>Naja, jedenfalls gibt es wegen Leon nicht ständig Klassenkonferenzen und er sitzt auch nicht andauernd beim Schulleiter im Büro, weil er wieder irgendeine Scheiße gebaut hat. Wie kannst du nur mit dem rumhängen?<<

Rosa legte ihren Kopf schief und zog die Augenbrauen hoch.

>>Du hast doch gar keine Ahnung! Du kennst ihn doch noch nicht mal richtig.<<

Dass Rosa so über Vinnie herzog, konnte ich einfach nicht ertragen. Es tat mir jetzt auch total leid, dass ich ihn am Donnerstag so angemacht hatte. Ich wusste schließlich, dass er nichts dafür konnte, so zu sein.

>>Bring ihn doch einfach mal mit, deinen neuen Freund<<, sagte Mama, die unser Gespräch mitgehört hatte.

>>Ne Mama, das willst du nicht wirklich. Der ist echt nicht ganz dicht<<, fing Rosa schon wieder an.

>>Halt doch mal deine blöde Fresse, Rosa! Du bist echt so ein Arschloch!<<, fuhr ich sie an.

>>Wow, chill mal. Ich mein ja nur…<<

>>Ja, alle meinen nur, aber haben null Ahnung! Nur weil er ein bisschen anders ist, unbequem eben, macht ihn das noch lange nicht zu einem schlechten Menschen oder so.<<

>>Denn lad dit Früchtchen doch einfach ma' ein. Ick mag so'ne Bengel. Früher durften Jungens noch Jungens sein. Da wurde jerempelt und jebalgt und da hat kener wat jesacht, wenn se mit na blutjen Nese nach Hause kamen. Heut müssen se alle stille sitzen und brav sein wie 'n Mädel. Ken Wunder, dit da einje uffmucken.<<

Nun meldete sich auch noch meine Oma zu Wort, die mit ihren siebzig Jahren aber die einzige zu sein schien, die etwas Sinnvolles zu sagen hatte.

Ich verzog mich in mein Zimmer und textete Vinnie, um herauszufinden, ob er ok war.

Hab gehört, du hast gestern was auf die Schnauze gekriegt? Ist es schlimm? Leon ist so ein Arschloch!

Nein, halb so wild. Nur meine Mutter macht tierisch Stress. Sie glaubt, ich flieg bald von der Schule. Sie hat mich jetzt vor die Wahl gestellt: Entweder ich fresse die Pillen oder ich muss zu so'm Scheißtraining gehen.

Oh Shit! Was denn für'n Training?

Attentioner-Training bei so'ner abgedrehten Therapeutin. Mit der soll ich auch ne Verhaltenstherapie machen. War früher schon mal da. Sitze mit noch ein paar anderen Chaoten wie mir und wir trainieren unsere Konzentration und „lernen uns zu regulieren", wie die Tante es so schön formuliert.

Aha, naja, wenn's hilft. Vielleicht besser als die Pillen. Ich fänd's jedenfalls schade, wenn du von der Schule fliegen würdest. Sprich doch mal mit Herrn Hörnig. Der ist echt ok. Vielleicht kann er dir die Peters vom Hals halten.

Hm, ich weiß nicht. Was soll ich dem denn sagen? Ich hab auch keinen Bock ständig darüber zu labern. Mir reicht schon meine Mutter.

Verstehe ich. Kommst du Sonntag mit zu Benno?

Rosa

Am Sonntag kam Papa, um mich bei einem wichtigen Hockeyspiel anzufeuern. Sarahs Eltern waren auch da und die drei übertrafen sich gegenseitig mit peinlichen und lautstarken Kommentaren des Spiels am Spielfeldrand, bis meine Trainerin sie in die Schranken wies. Da wir nur unentschieden spielten, hielt sich meine Stimmung in Grenzen, aber Papa schlug vor, zum Mittagessen in mein Lieblingsrestaurant zu gehen. Außerdem bekam ich seit Freitag fast stündlich Sprachnachrichten von Fadi, die mich jedes Mal binnen Sekunden in einen Glücksrausch versetzten. Das blieb auch Papa nicht verborgen, weil ich ständig irgendwohin verschwand, um die Nachrichten abzuhören. Außerdem wischte ich alle fünf Minuten über den Bildschirm meines Telefons, um zu gucken, ob ich vielleicht den Eingang einer Nachricht überhört hatte.

>>Das nennt man *Phubbing*<<, mahnte mein Vater und sah mich etwas genervt an.

>>Was?<<, reagierte ich geistesabwesend und immer noch auf mein Telefon starrend.

>>Na genau das: Immer nur aufs Handy glotzen, obwohl man in Gesellschaft ist. Mensch Rosa, wir sehen uns so selten. Kannst du das Scheißding jetzt nicht mal wegpacken? Ich hab das Gefühl, du bist gar nicht wirklich anwesend.<<

>>Ja, sorry Papa. Es ist nur so, dass ich eine wichtige Nachricht erwarte.<<

Ich sah ihn jetzt an und merkte, dass ich rot wurde.

>>Aha… lass mich raten: von einem jungen Mann?<<, sagte er grinsend.

Jetzt zu lügen, brachte wohl nichts, also weihte ich meinen Vater so weit ein, wie es nötig war.

>>Ja. Du weißt doch, dass Jörg jemanden bei sich aufgenommen hat. Also, der ist echt toll und wir verstehen uns total gut<<, stammelte ich herum und meine Gesichtsfarbe vertiefte sich noch um zwei Nuancen.

Das Grinsen vom Gesicht meines Vaters verschwand jedoch schlagartig.

>>Oh … Rosa <<, brach es erstaunt aus ihm heraus.

>>Was meinst du denn mit ‚oh Rosa'?<<, hakte ich etwas verunsichert nach.

>>Naja, du weißt schon, dass der ja aus einem ganz anderen Kulturkreis kommt.<<

>>Ja, stell dir vor, das hab ich schon mitbekommen.<<

>>Ich mein ja nur, dass das eventuell … also ich meine, dass das vielleicht nicht so einfach ist und so.<<

>>Ich sag ja auch gar nichts von einfach. Wir sind ja auch nicht zusammen oder so. Wir verstehen uns einfach nur gut. Und wenn wir zusammen wären, was wär jetzt so schlimm daran? Du guckst mich an, als hätte ich gesagt, ich hab mich in einen Serienmörder verliebt.<<

Jetzt wurde ich langsam etwas patzig, weil ich ahnte, worauf mein Vater hinauswollte.

>>Ich mach mir ja nur Sorgen um dich. Die haben halt schon ein ganz anderes Frauenbild als wir.<<

Ich konnte nicht fassen, was mein Vater da für einen Müll laberte.

>>Wer sind denn *die*? Du kennst Fadi doch gar nicht! Und überhaupt, bist du nicht derjenige, der uns immer gepredigt hat, man soll keine Vorurteile haben? Was hast du denn bitte gerade?<<, platzte es aus mir heraus.

>>Hör zu Rosa. Wie du weißt, bin ich schon etwas in der Welt herumgekommen und bin die Toleranz in Person. Jeder soll so leben, wie er es für richtig hält. Ich meine ja nur, dass du dir der Unterschiede bewusst sein solltest und ...<<

>>Was und? Du bist vielleicht die Toleranz in Person, wenn alle schön für sich bleiben. Das ist aber nicht so, Papa. Weißt du, das ist genau die Doppelmoral, die denen, die vermeintlich anders sind, die Integration erschwert. *Kommt zu uns, ihr armen Kriegsflüchtlinge, aber lasst unsere Töchter in Ruhe und verschwindet bald wieder.*<<

>>Rosa, jetzt wirst du echt unfair. Was sagt denn Mama dazu?<<

>>Gar nichts. Weil es dazu nichts zu sagen gibt. Im Gegensatz zu dir tun Jörg und Mama nicht nur weltoffen, sondern sind es auch wirklich.<<

Ok, das mit Jörg war gemein, aber was mein Vater da von sich gab, machte mich so wütend, dass das Foul irgendwie sein musste. Offensichtlich hatte es auch sein Ziel erreicht, denn mein Vater sah jetzt echt verletzt aus.

>>Rosi, ich will mich nicht mit dir streiten<<, sagte er dann mit ernster Miene. >>Du bist meine Tochter und ich hab dich lieb. Als Mensch bin ich vielleicht toleranter als

als Vater, da hast du wahrscheinlich Recht. Ich will doch einfach nur, dass es dir gut geht.<<

>>Ich weiß, Papa, sorry, dass ich so fies war. Fadi ist wirklich was ganz Besonderes. Du musst ihn nur mal kennenlernen.<<

>>Ja, dann stell ihn mir doch mal vor, deinen Fadi.<<

Sein Gesicht sah zwar immer noch nicht ganz überzeugt aus, aber das blanke Entsetzen war nun immerhin von nur leichter Skepsis abgelöst worden.

Julius

Ich holte Vinnie mit dem Fahrrad ab und wir fuhren gemeinsam zu Benno, der nur ein paar Straßen weiter wohnte. Vinnies Auge war blau und geschwollen, was er unter einer neongrünen Sonnenbrille zu verstecken versuchte. Zu wissen, dass Leon, dieser Vollidiot, ihm das angetan hatte, machte mich total wütend. Der sollte dafür von der Schule fliegen und nicht Vinnie, der zwar zugegebenermaßen sehr ungestüm war, aber doch niemandem wirklich etwas Böses wollte. Das jedoch wollte wohl keiner sehen. Warum sollte Leon, der Kapitän der Basketballmannschaft und Freund der schönsten Frau der Schule, die Schuld an dem Vorfall tragen? Nein. Alle zeigten natürlich mit dem Finger auf Vinnie. Wir fuhren nebeneinander her und irgendwie schien er meine Gedanken lesen zu können.

>>Weißt du, was mich am meisten ankotzt an der ganzen Sache, die am Freitag passiert ist? Nicht mein blaues Auge und die Tatsache, dass diese Idioten mich ausgelacht haben. Nein. Es ist die Art und Weise, wie die Lehrer, die die ganze Sache bei den Fahrradständern mitbekommen haben, sofort mich als den Schuldigen festgemacht haben. Alle gingen auf mich los, obwohl es Leon war, der zugeschlagen hat. Keiner hat sich die Mühe gemacht, mich anzuhören! Sofort war klar, Vinnie muss Leon provoziert haben. Dabei stimmt das gar nicht. Ja, ich hab ihn mit meinem Rucksack gestreift, aber nicht absichtlich. Der ist sofort total ausgerastet und hat mich übelst beschimpft. Ja, ich hätte einfach die Fresse halten sollen,

aber das kann ich eben nicht. Ich hab ihm nur gesagt, dass er mal locker bleiben soll und bam, hatte ich seine Faust auf dem Auge. So ein Penner!<<

Er fuhr Schlangenlinien und ließ sein Vorderrad ab und zu hochsteigen.

>>Das musst du am Montag klarstellen. Sprich mit Herrn Hörnig, echt! Ich komme auch mit. Nach der AG wär doch eine gute Gelegenheit. Der ist nicht so hohl wie die anderen, der wird das schon checken.<<

Ich versuchte erfolglos, seine Hochstarter nachzuahmen.

>>Ich weiß nicht. Vielleicht sollte ich freiwillig von der Schule gehen. Die hassen mich doch da sowieso alle.<<

>>Quatsch. Naja, gut, die meisten wahrscheinlich schon, aber ich jedenfalls nicht. Du musst ihnen zeigen, wer du wirklich bist.<<

>>Wer bin ich denn wirklich? Keine Ahnung. Vielleicht bin ich ja das Arschloch, für das mich alle halten?<<

Er sah jetzt wirklich frustriert aus. Wir schlossen unsere Fahrräder an und klingelten bei Benno. Seine Mutter öffnete und trocknete gerade ihre Hände an ihrer Kochschürze ab. Sie begrüßte uns, als wären wir neun Jahre alt und kämen zu Bennos Kindergeburtstagsparty. Als Vinnie höflichkeitshalber seine Sonnenbrille abnahm, erstarrte ihr ohnehin sehr künstliches Lächeln, bis ihre Gesichtszüge völlig entglitten. Sie streckte Vinnie etwas irritiert die Hand entgegen.

>>Du musst Vinnie sein. Benno hat mir schon erzählt, dass ihr ein neues Mitglied in eurem Club begrüßen

dürft<<, lächelte sie ihr steifes Lächeln in meine Richtung.

>>Ja. Vinnie hatte einen Unfall im Sportunterricht<<, deutete ich auf sein Auge blickend. Mir war klar, welche Assoziationen das blaue Auge bei der Helikoptermutter hervorrufen musste.

>>Ja, ich hab einen Volleyball abbekommen<<, log Vinnie recht überzeugend.

>>Ich sag ja immer zu meinem Benno, er soll aufpassen. Wie oft der schon mit blauen Flecken nach Hause kam. Die Lehrer passen da auch wirklich nicht gut auf. Naja, er freut sich jedenfalls schon auf euch. Geht doch runter. Ich bringe euch gleich ein paar Schnittchen. Isst du Fleisch, Vinnie? Oder hast du eine Laktoseintoleranz? Irgendwelche Allergien? Nicht dass ich dich noch vergifte<<, rief sie, während wir die Treppe in den Keller hinabgingen.

Die anderen Jungs waren schon da und ich merkte ihnen an, dass sie gehörigen Respekt vor Vinnie hatten. Jedenfalls verstummten sie, als wir kamen und trauten sich nicht so recht, Vinnie richtig hallo zu sagen. Als er jedoch eine ganze Handvoll Figuren auspackte, die er aus dem Speckstein, den ich ihm gegeben, gefeilt hatte, waren alle, inklusive mir, ziemlich positiv überrascht. Die Figuren waren genial: ein Zyklop mit einer Sense, ein Troll mit zwei Gesichtern, eine Mumie, ein Riesenskorpion mit Widerhakenstachel und eine zierliche und wunderschöne Fee. Vinnie schien mit unserer Begeisterung zunächst etwas überfordert und blaffte uns an, wir sollen uns nicht einpissen vor Freude. Für einen ganz kurzen Moment sah ich aber auch so etwas wie Stolz in seinen Augen und er fing dann doch noch an, uns zu erzählen, welche Werkzeuge und Techniken er benutzt hatte, um diese wirklich extrem detailreichen Figuren zu machen. Als Tobi dann auch noch vorschlug, dass Vinnie doch heute die Rolle des Dungeon Masters übernehmen könnte, schien er richtig gerührt. Die Partie, die wir dann mit Vinnie als Spielleiter spielten, war die beste, die wir je gespielt hatten. Er hatte wahnsinnige Ideen und schien das Regelwerk auswendig zu können. Wir wollten gar nicht mehr aufhören, aber Bennos Mutter schmiss uns irgendwann raus, weil Benno noch inhalieren musste.

Rosa

Die nächsten drei Wochen vergingen wie im Flug und mein Leben schien ausschließlich aus Schule, Facharbeit und Fadi zu bestehen. Als ich seit einer gefühlten Ewigkeit endlich mal wieder mit Sarah abhing, drehten sich unsere Gespräche fast nur um Leon und Fadi. Wir lagen auf einer Decke in Sarahs Garten und hörten Musik. Im Schatten unter dem großen Walnussbaum ließ sich die Hitze an diesem Tag einigermaßen ertragen.

>>Kommt Leon nachher noch?<<

>>Hm ... ich glaube eher nicht,<< grummelte Sarah etwas nachdenklich, während sie erfolglos versuchte, auf einem Grashalm zu tröten.

>>Oh, Ärger im Paradies?<<

>>Nein. Naja, ein bisschen. Ich bin irgendwie so genervt von ihm. Mir wird das alles zu viel. In der Schule, nachmittags, ständig hängt er mir auf der Pelle. Ich hab manchmal das Gefühl, ich kann gar nicht mehr atmen.<<
Sie machte ein angestrengtes Gesicht.

>>Da hab ich ihm gestern eben gesagt, dass ich ein bisschen mehr Freiraum brauche. Das fand er, glaub ich, nicht so toll.<<
Ich konnte mir ein Schmunzeln nicht verkneifen.

>>Ich nehme an, du hast es ihm auf deine typisch feinfühlige und überhaupt nicht direkte Art gesagt?<<
Jetzt musste Sarah auch grinsen.

>>Hm, ja, ich war vielleicht 'n bisschen schroff, aber Mann ey, ich hab das Gefühl, ich muss ihn andauernd abwimmeln. Außerdem will er ständig rummachen und

ich will das einfach noch nicht. Knutschen reicht mir, danke.<<

>>Du hast Sorgen! Ich wär froh, wenn Fadi mich endlich mal 'n bisschen befummeln würde. Der ist die Zurückhaltung in Person! Jedes Mal, wenn wir uns sehen, denke ich, dass er mich doch endlich mal küssen müsste, aber Fehlanzeige. Nichts.<<

Sarah lachte sich halbtot.

>>Das ist echt nicht witzig! Hab ich vielleicht Mundgeruch oder so?<<

Ich hauchte Sarah an, die sich kreischend abwendete.

>>Nein, dein Atem ist süß und rein. Fadi ist halt einfach ein Gentleman. Nicht so'n triebgesteuerter Bock wie Leon. Kaum sitz ich bei dem auf dem Schoß, hat der seine Hände überall. Voll ätzend!<<

>>Da hätte ich echt nichts gegen<<, sagte ich, während ich mich auf den Rücken legte und in den Himmel starrte. Meine Treffen mit Fadi waren wirklich jedes Mal extrem schön. Wir liefen zum See und fuhren mit dem Ruderboot raus, wir spielten stundenlang Backgammon, wir gingen in den Park und faulenzten, wir spielten Beachvolleyball. Alles war perfekt. Wir verstanden uns ohne Worte und wenn wir uns nicht sahen, schickten wir uns pausenlos Nachrichten. Aber mehr als Händchenhalten war bisher nicht gelaufen. Dabei hatte es schon so viele Fastkussmomente gegeben: als er mir aus dem Boot geholfen hatte und ich mich an seinen Schultern festkrallen musste, um nicht ins Wasser zu fallen; als ich das erste Mal beim Backgammon gewonnen und wir uns ju-

belnd umarmt hatten; als wir uns nach dem Beachvolleyball völlig verschwitzt und geschafft nebeneinander in den warmen Sand hatten fallen lassen.

>>Dann küss' du ihn doch einfach. Warum muss das der Junge machen? Knutsch ihn einfach ab, den Süßen!<<, warf Sarah ganz selbstverständlich ein.

Wenn das bloß so einfach wäre! Ich hatte zwar nicht das Gefühl, dass Fadi mich nicht küssen wollte, aber irgendwas schien ihn einfach davon abzuhalten, es zu tun. Erst dachte ich, dass es vielleicht wegen Ramadan sei. Ich hatte gegoogelt, dass Küssen zur Fastenzeit verboten ist, weil man dann die Spucke des anderen herunterschluckt, aber selbst nach Sonnenuntergang lief nichts. Null. Nada.

Julius

In der Schule fiel den Lehrern nun vermehrt auf, dass sich das Schuljahr ja tatsächlich dem Ende zuneigte, ihnen aber noch Noten fehlten. So kam es, dass wir jede Woche drei Test schrieben, Präsentationen am laufenden Band hielten und hörten und ständig an die Tafel zitiert wurden, um irgendetwas vorzurechnen, was dann ganz spontan benotet wurde. Das führte dazu, dass wir, anstatt das schöne Sommerwetter im Freibad genießen zu können, pausenlos lernen oder Präsentationen vorbereiten mussten. Da Bennos Noten aufgrund seiner hohen Fehlzeiten sehr zu wünschen übrig ließen, hatte ihm seine Mutter nun auch noch die *D&D*-Sessions bis Notenschluss gestrichen. Mein Leben kam mir folglich äußerst trist vor: Sarah kam kaum noch zu uns, da sie wohl ständig bei Leon war; Rosa war entweder mit Fadi unterwegs oder schrieb an ihrer dämlichen Facharbeit; Meine Mutter, die ja eine von denen war, die jetzt ständig Tests schreiben ließ, musste diese nun im Akkord korrigieren; Vinnie war entweder bei der Ergotherapie, dem Attentioner-Training, hatte Schlagzeugunterricht oder ging neuerdings zum Autogenen Training, um seine Impulsivität besser unter Kontrolle zu kriegen. Papa arbeitete wie immer viel oder war oft bei der Nachbarin, die unter ihm wohnte und wohl ab und zu Hilfe benötigte. Als ich einmal abends bei ihm vorbeiging, war er gerade auf dem Weg die Treppe hinunter zu Lorna und sagte mir, dass ihre Heizung schon wieder leckte und er ihr helfen müsse. Ich nahm an, dass dies eine ganz schön nasse Angelegenheit sein musste, da mein Vater einen Bademantel trug.

Wenigstens war meine Oma da, sodass ich ab und zu mit ihr Rummy spielen konnte, wenn ich mal 'ne Lernpause brauchte. Meine Oma war es auch, die mir ab und zu etwas zu essen kochte, was man von meiner mich mehr und mehr vernachlässigenden Mutter nicht behaupten konnte. Wenn ich es dann mal wagte, mich ganz vorsichtig bei ihr über diese Kindeswohlgefährdung zu beschweren, blaffte sie mich nur an, dass ich schon dreizehn sei und doch nun langsam in der Lage sein sollte, mir selber eine Mahlzeit zuzubereiten. Selbst den Termin bei Dr. Wasmund sollte ich mir selber machen, als ich meine Mutter dezent darauf hinwies, dass mein Asthmamedikament fast alle war. Fürsorge sah für meine Begriffe anders aus. Andererseits gab mir das die Möglichkeit, den Arzttermin in die Schulzeit zu legen und mir von der netten Arzthelferin dann einen Zettel ausstellen zu lassen, dass ich um die und die Uhrzeit beim Arzt war und leider den Matheunterricht verpassen musste, bei dem wieder einmal ein Schüler zum Vorrechnen ausgelost wurde. Diese Taktik förderte zwar meine ohnehin schon viel zu weit fortgeschrittene soziale Isolation, verhinderte aber unter Umständen, dass meine sichere Zwei zu einer wackeligen Zwei in Mathe wurde.

Rosa

Ich lag in den letzten Zügen meiner Facharbeit und hatte so ziemlich alle Theorien zu einem Gelingen von Integration verarbeitet und anhand zahlreicher Beispiele belegt, die die richtigen Voraussetzungen veranschaulichten.

Nur mein ganz eigenes Integrationsobjekt schien Probleme zu haben, sich mir ganz zu öffnen, was mich unendlich traurig stimmte. Ich hatte in der Zwischenzeit viel darüber gelesen, was Integration bedeutete und in einem waren sich alle einig: Integration war ein gegenseitiger Prozess, der einen gewissen Grad der Anpassung von den ,Fremden' abverlangte, aber auch eine Öffnung der Mehrheitsgesellschaft gegenüber den neuen Einflüssen derer, die zu uns kamen.

Ich fragte mich, ob ich mich Fadi gegenüber genug geöffnet hatte. War es fair von mir zu verlangen, dass er sich so verhielt wie ein deutscher Junge? Konnte ich die gleichen Ansprüche an ihn stellen wie an jemanden wie Leon? Reichten meine rudimentären gegoogelten Informationen über den Ramadan aus, um Schlussfolgerungen bezüglich seines Mich-nicht-küssen-wollens zu ziehen? Während ich so vor mich hin sinnierte, piepte mein Telefon.

>>Hallo mein rosa Engel. Bald kann ich wieder gemeinsam mit dir Tee trinken. Hast du Lust, mit uns im Begegnungscafé das Fastenbrechen zu feiern? Es gibt sehr leckeres Essen und man umgibt sich traditionell mit denen, die man liebt. Also musst du kommen!<<

Hatte ich das richtig verstanden? War das eine Liebeserklärung? Mein Herz klopfte wie wild und meine Hände zitterten beim Tippen auf der Handytastatur.

>>Ja, das muss ich dann wohl, wenn die Tradition es so will ☺. Kann ich was mitbringen? <<

>>Nur dich selbst. Du bist für mich das süßeste Geschenk zum Zuckerfest.<<

Ich zählte die Tage, bis es endlich soweit war und fuhr mit Mama ins Café, was wunderschön geschmückt war. Fadi kam gerade mit einigen anderen vom Moscheebesuch zurück und hatte nun allerhand vorzubereiten. Die Küche des Cafés war proppenvoll. Überall hantierten Frauen mit Töpfen und luden die herrlichsten Speisen auf große Platten, die Fadi und ich auf die Tische stellten. Als alles auf verteilt war, wurden Gebete auf Arabisch gesprochen, es wurde gelacht, die Leute umarmten sich und im ganzen Raum war eine unendliche Liebe und Harmonie zu spüren. Wir aßen und tranken gefühlt stundenlang und ständig wurden neue Köstlichkeiten aufgetafelt. Kinder spielten unter den Tischen Verstecken und ein paar ältere Männer versammelten sich draußen zum Rauchen. Fadi fing irgendwann an, die Teller abzuräumen und ich half ihm dabei, alles in die Küche zu schaffen und mit dem Abwasch zu beginnen. Auf einmal waren wir ganz alleine in der Küche. Ich hatte meine Hände gerade unter dem Wasserhahn, als Fadi meine tropfnassen Hände nahm, mich zu sich heranzog, dann mein Gesicht in seine Hände nahm und mir ganz tief in die Augen blickte. >>Danke, dass du heute hier bei mir bist. Das bedeutet mir wirklich viel. Du und Jörg und auch deine Mama, ihr seid so etwas wie meine Familie hier für mich geworden.<<

Er presste zuerst seine Stirn an meine und drückte mich dann ganz fest an sich. Sein Gesicht vergrub er dabei in meinem Hals. Als er mich wieder ansah, hatte er Tränen in den Augen.

>>Was ist denn los, Fadi? Es ist doch alles gut. Wir sind doch zusammen<<, stammelte ich etwas überfordert mit der Situation.

>>Ich weiß und das macht mich ja auch so glücklich. Es ist nur so, dass mein Bruder möchte, dass ich zu ihm nach Schweden komme.<<

Ich hätte in dem Moment mit allem gerechnet, aber nicht damit.

>>Er hat dort Arbeit gefunden und wohnt mit meinem Cousin in einer kleinen Wohnung in Stockholm.<<

>>Ja, aber du gehst doch hier zur Schule und ...<<, ich wusste gar nicht, was ich sagen sollte. Ich fühlte mich, als hätte mir jemand den Boden unter den Füßen weggerissen.

>>Ich weiß ... Scheiße, ich weiß! Ich fühle mich wie ein Verräter. Wie ich es auch drehe, ich bin ein Verräter: Wenn ich hierbleibe, verrate ich meinen Bruder und meinen Cousin; Wenn ich gehe, verrate ich Jörg und meine Lehrer, meine Freunde hier ... und dich. Wenn ich

die falsche Entscheidung treffe, verrate ich meine Eltern. Was ich auch tue, ich verletze jemanden.<<

>>Fadi, du bist kein Verräter, egal, was du tust. Das wird auch niemand so sehen, der dich wirklich liebt. Was willst DU denn? Was sagt dir dein Herz?<<

Eine Frau brachte Teller und leere Platten in die Küche, verschwand aber ganz schnell wieder nach draußen, als sie sah, wie wir uns immer noch sehr eng beieinander stehend unterhielten.

>>Ich möchte hierbleiben. Hier bei dir, bei Jörg, in Berlin, in Deutschland. Ich habe Deutsch gelernt, ich bin gut in der Schule, ich habe hier eine Familie gefunden. Aber ich weiß, dass meine Eltern wollen, dass ich zu meinem Bruder gehe. Sie machen sich Sorgen um mich, sie haben, glaube ich, Angst, dass ich sie und meine Wurzeln vergesse. Und ich habe diese Angst auch manchmal. Ich vergesse langsam, wie meine Heimat riecht, wie sich meine Eltern anfühlen… Ich weiß einfach nicht mehr, was richtig und was falsch ist. Das ist so, als wenn zwei Personen in mir wohnen: Die eine denkt und fühlt syrisch und die andere denkt und fühlt deutsch. Und beide Personen zerren an mir, so dass ich manchmal Angst habe, sie könnten mich zerreißen.<<

In der Küche wurde es jetzt wieder voller und Fadi zog mich durch eine Speisekammer hinter der Küche zu einer Tür, die nach draußen in einen kleinen Hinterhof führte. Die frische warme Luft fühlte sich gut an. Ich legte meine Hände auf Fadis Hüften und sah ihn an. Er war einen ganzen Kopf größer als ich und versuchte meinem Blick auszuweichen. Meine linke Hand wanderte wie von selbst an der Seite seines Oberkörpers hoch, über seinen Oberarm bis zu seiner Wange und schob sein Gesicht genau vor meins. Ich stellte mich auf Zehenspitzen und küsste Fadi. Ich küsste ihn einfach, als sei es die selbstverständlichste Sache der Welt und ich hatte nicht den leisesten Zweifel daran, dass er in diesem Moment genau das Gleiche wollte wie ich. Und was dann in mir aufstieg, war das wahnsinnigste Gefühl, dass ich in meinem Leben je gespürt hatte. Fadi nahm mein Gesicht in seine Hände und erwiderte meinen Kuss, so als hätte er schon sehr lange auf diesen Moment gewartet. Seine Hände wanderten auf meinen Rücken und wir küssten uns so eng umschlungen ein halbe Ewigkeit. Als wir uns irgendwann wieder ansahen, war mir total schwindelig und ich hatte Raum und Zeit komplett vergessen. Wir hielten uns ganz fest in den Armen und schienen uns in dem Moment wortlos zu versprechen, dass wir uns nie wieder loslassen würden.

Julius

Die Sommerferien standen nun vor der Tür und mir wurde bewusst, dass dies die ersten Sommerferien sein würden, in denen wir nicht gemeinsam als Familie verreisten. Stattdessen hatte meine Mutter die sensationelle Idee, dass wir ‚häppchenweise' verreisen würden, wie sie es formulierte. Ich sollte zuerst eine Woche ins Judolager, dann eine Woche ins Pfadfindercamp, dann mit Papa eine Wandertour machen und anschließend noch zwei Wochen mit ihr, Jörg, Rosa und Fadi nach Rügen fahren, wo Jörgs Eltern ein Haus am Strand hatten. In meiner Abwesenheit wollte meine Mutter ein Imkerseminar besuchen, weil sie vorhatte, sich nun endlich ein Bienenvolk zuzulegen. Sie war schon seit einigen Jahren nicht nur auf ihrem merkwürdigen Diättrip, sondern fuhr auch noch auf der Selbstversorgerschiene. In unserem Garten gab es weder einen Pool noch ein Trampolin, geschweige denn Platz, um einen Ball umherzukicken. Stattdessen gab es diverse Hochbeete, die im Sommer voller Gemüse waren, ein Gewächshaus, das bis in den Winter hinein Nahrung lieferte, Obstbäume jeglicher Art und nun sollte es eben, anstelle der von mir seit Jahren sehnlichst gewünschten Hasen, auch noch ein Bienenvolk geben, was den dazugehörigen Honig produzierte. Mir war nicht klar, warum sie das machte, wo sie doch alles im Supermarkt kaufen konnte. Im Sommer kochte sie Unmengen von Marmelade ein, setzte fürchterliche alkoholische Gebräue aus Obst und Schnaps an und wenn die Erntezeit für grüne Bohnen war, aßen wir Bohnen, bis sie uns zu den Ohren herauskamen. Neuerdings dörrte sie Obst und gab uns dann getrocknete Pflaumen und Aprikosen „als gesunde Alternative zu dem Mist in der Cafeteria" mit in die Schule. Da ich in der Schule meistens am Verhungern war, aß ich den Quatsch sogar, hätte mich aber über Gummibärchen weitaus mehr gefreut.

Bei Gummibärchen fiel mir ein, dass ich seit einer Ewigkeit nichts gegessen hatte und auf einmal knurrte mein Magen so laut, dass ich mich sofort auf den Weg in die Küche machte. Doch wie immer herrschte im Kühlschrank gähnende Leere. Außer Gemüse im Überfluss war einfach nichts aufzutreiben. In dem Moment klingelte es an der Tür.

>>Juli, machst du bitte mal auf? Das ist mein Bienenpate. Sag ihm, ich bin gleich da.<<

Ihr was? Bienenpate? Ich schlurfte zur Tür und öffnete einem steinalten weißhaarigen Opi die Tür.

>>Guten Tag<<, sagte er förmlich und hob seinen Strohhut ein kleines Stück an. Er streckte mir die Hand entgegen.

>>Mein Name ist Wolfgang Zimmerling und ich bin hier mit einer Dame namens Christina Engel verabredet. Es geht um das Bienenvolk, das sie erwerben möchte und die Beratung, die sie diesbezüglich wünscht.<<

>>Guten Tag. Ja, das ist meine Mutter. Bitte kommen Sie doch herein. Meine Mutter ist gleich da.<<

>>Ach, danke Julius. Guten Tag, Herr Zimmerling, schön, dass Sie es einrichten konnten. Kann ich Ihnen etwas zu

trinken anbieten? Diese Hitze da draußen ist ja wieder drückend heute.<<

Meine Mutter wollte gerade mit ihrem Bienenpaten in den Garten abhauen, als sich mein Magen wieder meldete.

>>Mama, warte. Mama, ich hab echt Hunger. Wir haben nichts im Haus. Kannst du mir bitte Geld für'n Döner geben?>>

Ich streckte ihr genervt meine Hand entgegen. Wenn sie schon ihren Egotrip fuhr, dann sollte sie wenigstens blechen.

>>Ja, nimm dir was aus meinem Portemonnaie. Ich mache nachher aber auch noch einen veganen Auberginenauflauf.<<

Boa, wie eklig, den kann sie alleine essen. Ich brauchte jetzt einen Döner mit Pommes und 'ner Cola. Da meine Mutter kein Kleingeld in ihrem Portemonnaie hatte, musste ich leider einen Schein nehmen. Das würde ja glatt für Zwei reichen.

> Bock aufn Döner? Hab Kohle.

> Auf jeden. Hab richtig Hunger! Bin in 10 min bei der Dönerbude. Bestell schon mal. Für mich komplett.

Auf Vinnie war Verlass.

Rosa

Die Zeit bis zu den Zeugnissen schwebte ich quasi durchs Leben. Alle schulischen Verpflichtungen lagen hinter mir, die Noten standen fest. Für meine Facharbeit hatte ich eine Eins bekommen und Frau Bley hatte meine Arbeit sogar auf die Nominierungsliste für besondere Leistungen gesetzt. Meine Beziehung zu Fadi hatte ein Level erreicht, das mir jeden ohne ihn verbrachten Tag sinnlos erschienen ließ. Ich hätte nie gedacht, dass man jemanden so vermissen konnte. Wenn wir uns mal zwei Tage nicht sahen, was selten vorkam, hatte ich regelrechte Entzugserscheinungen. Wenn wir uns dann wiedersahen, fühlte sich seine Umarmung so heilsam an. Unsere Körper schienen einfach komplett kompatibel zu sein, so als seien sie ohne den anderen unvollkommen und ergaben erst zusammen ein Ganzes.

Seine Familie hatte er erfolgreich davon überzeugen können, dass er in Deutschland auf jeden Fall nächstes Jahr noch seinen Schulabschluss machen sollte. Von mir wussten sie allerdings nichts. Fadi meinte, dass sie das nicht verstehen würden, weil das in Syrien einfach nicht passieren würde. Ich wusste, dass ihn das quälte und dass er meinetwegen starke Gewissensbisse hatte, aber wir vermieden es, darüber viel zu sprechen. Nachdem mir meine Mutter nun auch noch verkündet hatte, dass wir mit Jörg und Fadi nach Rügen fahren würden, war ich endgültig der glücklichste Mensch der Welt. Bei wem es weniger gut lief, waren Sarah und Leon. Ich war gerade auf dem Weg zu ihr zwecks Krisensitzung. Wir hauten uns

in die große Hängematte, die zwischen zwei Bäume gespannt war, und machten es uns gegenüberliegend mit
ineinander verhakten Beinen gemütlich.

>>So, jetzt hau mal raus. Was ist denn los?<<, fragte ich
eismampfend und reichte Sarah die Packung *Ben&Mary's*
inklusive Löffel.

>>Ich will mit Leon schlussmachen. Der geht mir tierisch
auf den Sack. Ich weiß nur nicht, wie.<<

>>Wow. Immer noch die Grabscherei? Du hast ihm doch
verklickert, dass du das noch nicht willst. Naja, wundert
mich nicht, dass der 'n bisschen schwer von Begriff ist.<<
Ich streckte meinen Arm Richtung Eis aus und Sarah gab
es mir rüber, nachdem sie sich einen Riesenlöffel voll in
den Mund gefahren hatte.

>>Er checkt's einfach nicht. Jedes Mal, wenn wir uns
sehen, versucht er es wieder und jetzt macht er auch
noch dauernd so bekloppte vorwurfvolle Bemerkungen,
so als sei ich 'ne prüde Kuh. Ich hab da einfach keinen
Bock mehr drauf.<<

>>Ich glaub, er ist einfach nicht der Richtige für dich.
Ganz ehrlich, der ist dir überhaupt nicht gewachsen. Dem
bist du doch haushoch überlegen. Kein Wunder, dass der
dich nicht anturnt.<<

>>Vielleicht hast du recht. Hier, nimm mal, mir ist
schlecht.<< Sie reichte mir die fast leere Packung Eis.

>>Boa, ich kann auch nicht mehr. Ich weiß nur, dass Fadi
der Richtige für mich ist und dass ich null Komma null
dagegen hätte, wenn der mal 'n bisschen rangehen

würde. Der kann so gut küssen. Wenn ich mir vorstelle, wie das wär, mal ein bisschen weiterzugehen...<<

>>Mann Rosa, jetzt erspar mir deine Sexfantasien. Sag mir lieber, wie ich Leon loswerde<<, unterbrach mich Sarah etwas genervt, aber dennoch amüsiert von meinem anzüglichen Gesichtsausdruck.

>>Sorry. Sag ihm einfach, wie es ist. Du bist doch sonst nicht auf den Mund gefallen:

,Hi Leon, ich verlasse dich, weil mir dein notgeiles Gefummel auf die Nerven geht. Ach ja und außerdem turnt mich deine katastrophale Rechtschreibung echt ab. Such dir doch bitte eine Tussi, die auf Rechtschreibfehler und Hasengerammel steht. Tschüüß.'<<

Ich winkte zur Unterstützung meiner genialen Schlussmachline und sah Sarah grinsend an, sodass auch sie schmunzeln musste.

>>Oh Rosa, jetzt mal im Ernst. Das ist gar nicht so einfach. In der Schule werden wir schon fast als so eine Art Einheit gesehen. Ich glaube, die wären echt mega geschockt, wenn wir uns trennen.<<

>>Ja, na und? Seit wann interessiert es dich denn, was die anderen denken?<<, fragte ich schon fast empört über so viel Angepasstheit.

>>Ich weiß ja auch nicht, warum ich mir so in die Hosen scheiße. Ich will es jetzt einfach nur noch hinter mich bringen. Die Ferien fangen ja auch bald an. Da fahre ich ja in die USA und dann muss ich ihn sechs Wochen nicht sehen und bis nach den Ferien ist immerhin ein bisschen

Gras über die Sache gewachsen und er hat sogar vielleicht besagte Tussi kennengelernt.<<

>>Dann mach es. Gleich heute noch. Schreib ihm, triff dich und tschüssikowski.<<

Ich warf ihr einen ermutigenden Blick zu und sie sah mich zuerst zögerlich, aber langsam entschlossener an.

Julius

Die letzten Schultage waren dank Konstantin Adlers externer Festplatte, die dutzende wahrscheinlich illegal heruntergeladene, weil sehr aktuelle Filme gespeichert hatte, ziemlich gut zu ertragen. Bei allen Lehrern zogen wir die gleiche Masche ab: Wir erzählten ihnen, wie fertig wir von der vorangegangenen Stunde waren, weil Lehrer XY uns auf die letzten Tage nochmal sehr hart rangenommen hatte und dass er oder sie vor uns doch garantiert viel netter sei, als der Kollege. So schafften wir es tatsächlich einen Tag, in allen sechs Schulstunden Filme zu gucken. An den anderen Tagen lag unsere Quote bei etwa sechzig bis siebzig Prozent. Herr Hörnig durchschaute uns natürlich sofort und sagte, dass wir lieber selbst Filme bzw. Lernvideos á la YouTube herstellen sollten und verteilte Themen. Wir durften unsere Handys benutzen, um die Filme zu drehen und suchten uns im Schulgebäude einen Drehort. Bei dieser Gelegenheit erfuhr ich von den Neuigkeiten, die ich schon nicht mehr gewagt hatte, zu wünschen. Leon saß mit zwei anderen Basketballriesen in der Cafeteria nahe der Tür zum Flur und sah ziemlich angepisst aus. Ich hörte den Namen *Sarah* und sagte Tobi, dass ich mal müsse und er schon zur Mediathek vorgehen solle. Die drei Jungs sahen mich nicht, aber ich konnte ihre Gespräche deutlich hören.

>>Krass, Alter! Schlussgemacht? Was hat sie denn gesagt? Die kriegt sich bestimmt wieder ein. Weiber eben<<, sagte einer der Riesen.

>>Sie is' noch nicht soweit, blabla. Sie hat das Gefühl, ich würde immer nur an das Eine denken. Keine Ahnung. Ja klar, denke ich an das Eine. 'Türlich will ich ihr an die Wäsche, ich mein, guck sie dir doch an! Naja, langsam glaube ich, der Apfel fällt nicht weit vom Stamm<<, sagte Leon verächtlich.

>>Meinst du? Quatsch. Das ist doch nicht erblich oder so<<, schaltete sich der andere Riese ein.

>>Pff, wer weiß. Auf jeden Fall...<<

>>Julius? Was machst du denn da? Wolltest du nicht auf's Klo gehen? Die Mediathek ist besetzt. Wir müssen woanders hingehen<<, ertönte Tobis Stimme neben mir.

Ich war wie benommen. Sarah hatte mit Leon schlussgemacht? Das war die beste Nachricht, die ich seit langer Zeit gehört hatte. Endlich hatte sie eingesehen, was für'n bescheuertes Arschloch Leon war. Das war ja klar, dass er ihr Homosexualität andichten würde, nur weil sie ihn nicht wollte. ,Der Apfel fällt nicht weit vom Stamm'. Was für ein selbstgefälliger Idiot! Auf einmal sah ich, dass der Idiot genau vor mir stand.

>>Belauscht ihr uns, ihr kleinen Bazillen? Verpisst euch gefälligst!<<, pöbelte Leon uns an.

>>W-was? N-nein<<, stotterte Tobi.

Ich weiß nicht, was mit mir los war, aber ich war so sauer über das, was dieser Idiot über Sarah gesagt hatte, dass auf einmal Wörter aus meinem Mund kamen, ohne dass ich es steuern konnte.

>>Wir brauchen dich nicht zu belauschen, um zu wissen, dass Sarah dich abserviert hat. Sie hatte sicher gute

Gründe und bestimmt nicht die, die du hier über sie zu verbreiten versuchst.<<

Hatte ich das tatsächlich gesagt? War ich lebensmüde oder so? Leon sah seine Riesenfreunde ungläubig an.

>>Wie bitte? Was hast du gerade gesagt, du kleiner Witz von einem Zwerg?<<

Er kam nun ganz dicht an mich heran und war bestimmt zwei Köpfe größer und viele Kilos schwerer als ich.

>>Was willst du jetzt machen? Willst du mir auch eine in die Fresse hauen, wie du es bei Vinnie gemacht hast?<<

Ich wusste immer noch nicht so genau, wie es passieren konnte, dass diese Äußerungen ungefiltert aus meinem Mund schossen, aber ich war noch nie so erleichtert, die Pausenklingel zu hören wie in diesem Moment. Zeitgleich rannten Schüler an uns vorbei in die Cafeteria, um sich als erste bei der Essensausgabe anzustellen, damit sie nicht die ganze Pause in der Schlange stehen und dann in Windeseile kurz vor Pausenende ihr Essen herunterschlingen mussten. Die Cafeteria füllte sich rasend schnell und zur Abwechslung war sogar die Pausenaufsicht in Form von Frau Peters pünktlich. Leon wusste, dass er für diesen Moment von mir ablassen musste. Sein Blick sagte mir jedoch, dass es eine andere Gelegenheit geben würde, unsere „Unterhaltung" fortzuführen.

Leider ergab sich diese Gelegenheit bereits direkt nach Schulschluss. Ich ging gerade mit Vinnie zu den Fahrradständern, als sich vor uns auf einmal drei Riesen aufbauten und uns den Weg versperrten.

>>Na, wen haben wir denn da? Den Spasti und den Größenwahnsinnigen, was für ein Dreamteam!>>

Er sah zu Vinnie. >>Ich dachte, dich hätten sie von der Schule geschmissen. Die Lehrer sagen, du seist 'ne tickende Zeitbombe und gehörst in die Klapse.<<

Leon drückte seinen Zeigefinger unter Vinnies Schlüsselbein und schubste ihn ganz leicht weg. Ich sah, wie Vinnie knallrot wurde und seine Halsschlagader deutlich hervortrat. Auch die Venen an seinen Schläfen schwollen an und er sah aus, als wenn er gleich explodieren würde. Da ich wusste, dass sich Vinnie rein gar keinen Ausraster mehr erlauben durfte, griff ich seinen Arm und redete ganz leise auf ihn ein.

>>Komm Vinnie, lass uns einfach gehen. Dieser Idiot ist es nicht wert, dass du von der Schule fliegst. Sag jetzt einfach gar nichts und komm. Los!<<

Zum Glück schien er sich zu beruhigen, doch als wir an den Riesen vorbeigehen wollten, versperrten sie uns erneut den Weg. In dem Augenblick hörte ich zu meiner großen Erleichterung jedoch die Stimme meiner Schwester.

>>Leon! Was soll das? Lass die beiden durch. Gott bist du armselig, dass du dich mit Siebtklässlern anlegen musst.<<

Er sah Rosa wutentbrannt an, doch dann erblickte er Sarah hinter ihr und in seinem Gesicht meinte ich, Scham zu erkennen.

>>Sarah … ich … können wir mal kurz reden? Bitte? Ich …<< Er sah zu Boden und für einen Moment dachte

ich, er würde gleich anfangen zu heulen. Rosa und Sarah tauschten Blicke aus und dann zog meine Schwester Vinnie und mich hinter sich her und Sarah blieb mit Leon zurück. Die beiden anderen Riesen verzogen sich wortlos und seit langer Zeit verspürte ich mal wieder so etwas wie Stolz, so eine coole Schwester zu haben.

>>Kommt, die beiden haben wohl noch Redebedarf. Alles ok?<<, fragte sie und blickte Vinnie etwas besorgt an.

>>Ja, ja, alles klar<<, brabbelte Vinnie und rieb sein Ohrläppchen zwischen Daumen und Zeigefinger. Er holte einmal tief Luft, die er dann ganz langsam und bewusst wieder ausblies.

>>Hm, scheint zu funktionieren. Ohrläppchen reiben, bis zehn zählen und einmal tief ein- und ausatmen. Das hat mir meine Psychotante beigebracht. In Frau Peters Unterricht muss ich das bestimmt dreimal machen, um ihr nicht an die Gurgel zu springen.<<

Meine Schwester sah ihn etwas irritiert an.

>>Chill, Sisterlein, das ist Vinnies Humor!<<, versuchte ich, ihr ihre Irritation zu nehmen.

>>Aha, ihr seid ein paar Vögel. Los, haut lieber schnell ab, bevor es sich Leon doch noch anders überlegt<<, sagte sie kopfschüttelnd.

Rosa

Am letzten Schultag gingen wir wie immer mit Mama Eis essen. Das war schon seit der Grundschule so. Sie begutachtete unsere Zeugnisse und wir reflektierten gemeinsam das letzte Schuljahr und alle waren bester Laune, weil sechs Wochen Sommerferien vor uns Dreien lagen. Julius verabschiedete sich bald von uns, weil er sich noch mit seinen nerdigen Freunden im Freibad traf, sodass Mama und ich irgendwann alleine dasaßen.

>>Hör mal Mausi, wegen unseres Urlaubs auf Rügen. Ich hab nochmal mit Jörg gesprochen. Du und Fadi, ihr seid ja jetzt schon eine ganze Weile zusammen und wir möchten eigentlich nicht, dass ihr da gemeinsam in einem Zimmer schlaft. Also, vielleicht müssen wir diesbezüglich sowieso mal Frauengespräche führen.<<

Oh Gott, bitte nicht. Ich sah mich erstmal um, ob unser Gespräch auch nicht von irgendwem mitgehört wurde, aber um uns herum saßen nur ein paar Grundschüler mit ihren Muddis, die damit beschäftigt waren, das tropfende Eis von der Kleidung ihrer Kinder fernzuhalten.

>>Oh, Mama, bitte. Da gibt's jetzt eh nicht viel zu bereden. Also, so weit sind wir noch lange nicht, also Fadi und ich. Da brauchst du dir keine Sorgen zu machen<<, flüsterte ich und merkte wie mein Gesicht knallrot wurde.

>>Rosi, das braucht dir doch nicht peinlich zu sein. Ich meine, ihr seid fünfzehn und sechzehn. Da ist es ja ganz normal, dass das Thema Sexualität auch mal eine Rolle

spielt<<, sagte meine Mutter betont lässig und nicht gerade leise.

>>Pscht! Mama, kannst du mal leiser sprechen? Wie gesagt, bei uns läuft noch nichts. Wenn's soweit ist, sag ich dir Bescheid. Können wir jetzt bitte das Thema wechseln?<<

>>Naja, ich würde lieber jetzt darüber sprechen und vielleicht mal einen Termin beim Gynäkologen machen. Wenn es erstmal relevant ist, ist es vielleicht schon zu spät. Ich wollte mit Anfang vierzig nämlich noch nicht Oma werden.<<

>>Mama! Jetzt hör doch mal auf. Stell dir vor, ich bin aufgeklärt und weiß, wie man schwanger wird und auch, wie man das verhindert. Und wegen Rügen, also mir ist es egal, wer wo schläft. Alles gut.<<

Ich hätte in dem Moment alles gesagt, nur um das Thema zu wechseln. Die Wahrheit war, dass ich natürlich SEHR gerne neben Fadi schlafen würde, aber ich war mir nicht einmal sicher, ob er das auch wollen würde. Was das Körperliche anging, war er extrem zurückhaltend. Ich merkte zwar sehr wohl, dass sich manchmal was in seiner Hose regte, wenn wir uns küssten und auch sein Blick verriet mir, dass er durchaus Lust auf mehr hatte, aber er schien sich immer zu beherrschen, so als sei mein Körper eine Tabuzone. Auch heute Nachmittag bestätigte sich das wieder. Fadi war bei mir zu Hause und außer uns war niemand da. Wir entflohen der Hitze und hörten in meinem Zimmer Musik. Irgendwann lagen wir knutschend und kuschelnd auf meinem Bett. Für mich fühlte sich das alles vollkommen richtig an, doch als Fadi irgendwann auf mir lag und ich sein Gewicht spürte, hielt er einen Moment inne, stützte sich mit den Unterarmen neben meinem Gesicht ab und sah mir in die Augen. Sein Gesicht war direkt über meinem und unsere Lippen berührten sich fast, so nah waren wir uns. Ich hatte das Gefühl, dass er etwas sagen wollte, aber ihm die Worte fehlten.

>>Was ist denn?<<, fragte ich etwas verunsichert.

>>Rosa...<<, er strich mir eine Haarsträhne aus dem Mundwinkel. >>Rosa, ich glaube, ich drehe bald durch.<<

>>Wieso, was ist denn? Was meinst du?<<

>>Dieses Verlangen, was ich in deiner Gegenwart spüre...<<, er rang nach Worten.

>>Fadi, das spüre ich auch. Das ist ok. Daran ist nichts schlimm. Wir können dem ruhig nachgeben. Für mich fühlt sich das alles total richtig an.<<

>>Das ist ja das Problem. Für dich ist das alles ganz normal, aber für mich nicht. Obwohl es sich für mich auch richtig und gut anfühlt, verachte ich uns gleichzeitig dafür. Bitte verstehe das nicht falsch. Aber, was mich wahnsinnig macht, ist, dass ich dich so sehr liebe und schätze und du für mich das Wertvollste auf der ganzen Welt bist und trotzdem blitzen in mir diese Gefühle auf, diese negativen Gefühle der Verachtung. Ein Teil von mir denkt, dass das, was wir machen, und wenn nur in Gedanken, dass das falsch ist.<<

In seinem Gesicht las ich die pure Verzweiflung.

>>Fadi, an uns und unseren Gefühlen ist nichts falsch. Wie kann denn das falsch sein? Wir lieben uns. Ist das falsch? Wenn man sich liebt, will man sich halt auch körperlich nah sein.<<

>>Ja, für dich ist das ganz logisch ... aber ich habe all diese Stimmen im Kopf, die das alles verurteilen, die DICH verurteilen. Und genau das macht mich so traurig. Das zerreißt mir mein Herz, das schnürt mir die Kehle zu.<<

>>Dann vergiss diese Stimmen. Hör ihnen einfach nicht mehr zu. Sie haben Unrecht.<<

>>Ja. Und wenn ich das tue Rosa, wenn ich diesen Teil von mir vergesse ... aufgebe, was bleibt denn dann noch von mir übrig? Was? Manchmal habe ich das Gefühl, dass ich mich in Luft auflöse, einfach aufhöre zu existieren.<<

Mir kamen die Tränen und ich konnte sie auch nicht unterdrücken, so sehr ich das auch versuchte. Ich wich seinem Blick aus. Von ihm zu hören, dass ein Teil von ihm mich verachtete, war hart. Vielleicht hatte mein Vater doch recht gehabt ...

Nein, Gott, jetzt hasste ich mich selbst für diesen Gedanken. Auf einmal stieg so eine Wut in mir hoch, aber nicht auf Fadi, sondern auf diese Werte, die so tief in ihm drin steckten und ihn ja auch so quälten. Oder waren es meine Werte, die diese Qualen verursachten? Warum konnten wir nicht einfach nur WIR sein? Warum musste es noch das ganze Drumherum geben, was alles so kompliziert machte?

>>Weißt du, was ich mir wünsche?<<, fragte ich und blickte ihn wieder an. >>Ich wünschte, wir könnten auf einer einsamen Insel wohnen, wo es keine Stimmen gibt, die uns sagen, was richtig und was falsch ist, wo es nur unsere Wahrheit gibt.<<

>>Ja, das wär schön<<, flüsterte Fadi in mein Ohr, bevor er sein Gesicht in meinem Hals vergrub.

Julius

Das Judolager gestaltete sich als eher unspektakulär. Morgens Training, nachmittags Training und abends schauten wir ein, zwei Filme. Ich setzte jedoch all meine Hoffnungen ins Pfadfindercamp. Als ich Vinnie erzählt hatte, dass meine Mutter mich zugunsten ihrer Selbstverwirklichung als Imkerin permanent in Camps abschob, war er Feuer und Flamme und fragte seine Eltern, ob er kurzerhand den Pfadfindern beitreten konnte und dann mit mir eine Woche ins Elbsandsteingebirge zum Campen fahren dürfte. Seine Eltern hatten nichts dagegen und seine Mutter meinte sogar, dass Outdoor-Aktivitäten für Vinnie genau das Richtige seien. So kam es, dass wir am Samstag mit etwa fünfzehn anderen Jungs und Mädchen sowie zwei Betreuern, die aber gerade erst achtzehn geworden waren, in einem Bus in Richtung Elbsandsteingebirge saßen. Jeder durfte nur so viel mitbringen, wie er tragen konnte, was einen Schlafsack und eine Iso-matte mit einbegriff. Zelte brauchten wir zum Glück nicht, da wir zwei Nächte in einer Höhle und die anderen Nächte in Gruppenzelten auf dem Pfadfindercampingplatz schlafen würden. Bereits im Bus fielen Vinnie und mir zwei Mädchen auf, die ich schon eine Ewigkeit nicht mehr gesehen hatte. Ich kannte sie noch von früher, aber seitdem hatten sie sich deutlich verändert. Unter ihren T-Shirts zeichneten sich eindeutig Brüste ab und auch ihre Hintern schienen ihre Größe verdoppelt zu haben. Besonders die braunhaarige Lina schien auf einmal … so interessant. Ihre Haare waren lang und fielen weit über ihre Schultern den Rücken hinab. Sie hatte wunderschöne große braune Augen und aus ihrer kurzen Jeans ragten schlanke, aber auch recht muskulöse Beine. Möglich, dass wir es uns nur einbildeten, aber wir konnten schwören, dass die beiden Mädchen ständig zu uns herüberguckten und extra laut lachten, damit wir auf sie aufmerksam wurden.

Als wir an unserem Zielort ankamen, luden alle ihre vollbeladenen Rucksäcke auf die Schultern und wir überquerten mit einer kleinen Fähre die Elbe. Am anderen Ufer begann unsere fünfstündige Wanderung hoch ins Gebirge. Ein Großteil der Strecke bestand aus steinernen Treppenstufen, die unendlich schienen. Meine Beine hatten in meinem ganzen Leben noch nie so gebrannt, aber ich wollte mir vor Lina nicht die Blöße geben und mehr Pausen einlegen als die anderen. Vinnie schienen die Treppenstufen überhaupt nichts auszumachen. Im Gegenteil, er blödelte noch den ganzen Weg herum, rannte einige Teile oder nahm drei Stufen auf einmal. Als Maria, Linas Freundin, etwas zu schwächeln begann, bot er ihr auch noch an, ihren Rucksack vorne auf dem Bauch zu tragen, was sie dankend annahm. Zu meinem Glück schien Lina keine Probleme mit dem Weg zu haben, so dass ich ihr nicht anbieten musste, für sie das Gleiche zu tun.

Meine Beine fühlten sich langsam an wie Blei und als ich kurz davor war, mich einfach nur hinzusetzen und nie wieder aufzustehen, waren die Treppen zu Ende und wir nahmen einen schmalen, aber halbwegs ebenen Weg ohne große Steigung, der zu eine Höhle führte. In der Höhle war es schön kühl und roch nach Erde. Wir bauten unser Lager auf und Vinnie, der sich Maria gegenüber als wahrer Gentleman entpuppte, bot den beiden Mädchen an, ihre Isomatten neben unseren zu platzieren, falls es in der Nacht doch mal ein wenig gruselig werden würde. Die Mädels scherzten, dass sie uns dann beschützen würden, obwohl Vinnie das eigentlich andersherum gemeint hatte.

Vor dem Höhleneingang waren nur etwa fünf Meter bis zu einem extrem steilen Abhang, der in die endlos scheinende Tiefe führte. Wir setzten uns so weit, wie wir uns trauten, an den Abgrund heran und blickten auf das Gebirge. Sich vorzustellen, dass diese zerklüfteten Felsen über Jahrmillionen entstanden waren, schien so unbegreiflich und ich kam mir auf einmal so winzig klein vor. Ich hätte dort stundenlang sitzen können, hörte aber in dem Moment die Stimme einer der Betreuer.

>>Wer hat Lust, Wasser von der Quelle holen zu gehen? Wir brauchen etwa zehn Liter.<<

Oh Gott, nicht schon wieder laufen, dachte ich und massierte gerade meine Oberschenkel.

>>Wir machen das<<, tönte Vinnies Stimme neben mir.

Ich warf ihm einen bitterbösen Blick zu, aber er sah mich nur ganz verständnislos an und zog mich an den Händen hoch.

>>Komm, du Lusche! Du bist schließlich der ,Pfadfinder, der in der Wildnis überleben kann'<<, zitierte er meine Worte mit einer etwas klugscheißenden Stimme, die

wohl meine nachahmen sollte. Ich gab mich geschlagen und raffte mich voller Schmerzen auf. Als wir mit unseren Kanistern in der Hand ein Stück in Richtung Quelle gelaufen waren, hielt Vinnie auf einmal an.

>>Ich muss mal.<<

>>Ja bitte, tu dir keinen Zwang an. Ich guck auch nicht hin.<<

>>Nein, nein, ich meine, ich muss mal. So richtig. Ich hab hier noch gar keine Toiletten gesehen<<, brabbelte er.

>>Kacken oder was? Tja, dann viel Vergnügen. Toiletten gibt's hier nicht. Nur Mutter Natur. Du musst dir ein Loch buddeln, reinscheißen und es wieder zuscharren.<<

Vinnies Gesicht sah etwas irritiert aus und ich konnte mir ein Lachen nicht verkneifen.

>>Ja, und was ist mit Klopapier?<<

>>Blätter. Nimm große, nicht zu vertrocknete, die brechen zu leicht.<<

Vinnie verschwand in den Büschen und ich dachte bei mir, wie herrlich unkompliziert er auf diesem Trip war. Wenn ich mir Benno hier vorstellte, nicht dass seine Mutter es ihm je erlauben würde, ohne sie zu verreisen, aber er wäre einfach gar nicht taff genug für so eine Reise. Vinnie hingegen schien hier förmlich aufzublühen. Kein Gezappel, kein Gerempel, kein Gepöbel. Auch später bei der Zubereitung des Abendessens, was aus einer Art Instantbrei bestand, war er voll dabei, half, wo immer er helfen konnte, und seine schier endlose Energie konnte sich hier voll entladen, ohne dabei wie sonst immer völlig überdosiert zu wirken. Mir kam auf einmal der Gedanke, dass mit Vinnie eigentlich alles in Ordnung war, dass ihm aber die Welt, in der er sonst lebte, einfach nicht gerecht wurde. Vielleicht passte er nur einfach nicht an unseren Ort in unsere Zeit, in der alles durchgetaktet war, man ständig still sitzen musste und sich hauptsächlich drinnen aufhielt. Hier oben im Gebirge wirkte er auch auf die anderen ganz anders als auf die Leute in der Schule. Die Betreuer lobten ihn ständig und alle anderen blickten ihn ganz bewundernd an, besonders Maria. Lina hatte er aber zum Glück nicht zu sehr in seinen Bann gezogen. Immer wenn ich zu ihr rübersah, was ziemlich häufig der Fall war, ertappte ich sie dabei, wie sie mich beobachtete. Am Anfang schaute sie immer schnell weg und es schien ihr ein bisschen peinlich zu sein, aber nach einer Weile sah sie mich einfach weiter an, wenn ich guckte und dann lächelte sie sogar. Ihr Lächeln war wirklich wahnsinnig und irgendwann saß sie dann einfach neben mir. Nach dem Essen setzten wir uns dann zu viert an diese Stelle nahe dem Abgrund und sahen der Sonne zu, wie sie langsam unterging.

Erst im Laufe des nächsten Tages, inmitten der Wildwassertour, fiel mir auf einmal auf, dass ich schon seit Ewigkeiten nicht mehr an Sarah gedacht hatte.

Rosa

Die ersten beiden Ferienwochen vergingen wie im Flug. Fadi und ich sahen uns jeden Tag und fühlten uns enger verbunden denn je. Sarah meinte, dass ich die Stimmen in Fadis Kopf wohl akzeptieren müsse, weil sie ein Teil von ihm seien, in den ich mich schließlich verliebt hatte und so war es dann auch. Irgendwie hatte ich sogar das Gefühl, dass uns diese Abstinenz, wie Sarah es formulierte, sogar noch mehr zusammenschweißte.

Was ich mir jedoch überhaupt nicht vorstellen konnte, war die nächsten zwei Wochen mit Papa und Julius zu verreisen und Fadi also ganze vierzehn Tage nicht zu sehen. Schon der Gedanke daran war unerträglich, aber aus der Nummer kam ich nicht raus, das hatte ich schon versucht. Papa war ja auf meine Beziehung zu Fadi ohnehin immer noch nicht so gut zu sprechen und als ich vorsichtig andeutete, dass er und Julius ja auch alleine fahren könnten, hat er tierisch ein Fass aufgemacht, sodass ich mir gar nicht erst die Mühe machte, meine gutdurchdachte Argumentationskette abzuspulen.

Urlaub mit meinem Vater bedeutete Campen und am liebsten noch nicht mal auf einem Campingplatz mit Toiletten und fließendem Wasser, sondern Wildcampen irgendwo in der Walachei. Papa hatte seinen alten VW Bulli-Bus in Schuss gebracht und mit dem machten wir uns auf den Weg in Richtung Alpen. Als wir noch klein und ohne Mama übers Wochenende verreist waren, hatte ich die Trips in diesem Bus immer geliebt. Abends haben wir drei uns dann in die aufklappbare Schlafkoje auf dem Dach des Busses gekuschelt. Der letzte Trip dieser Art war aber schon eine Weile her und dieses Jahr war die Koje für uns drei viel zu klein, sodass Papa unten auf der ausziehbaren Klappbank schlief. Zum Abendessen gab es meist im Campingkocher Aufgewärmtes aus der Dose. Die Tage verbrachten wir mit Kanu- oder Fahrradtouren, Wanderungen, Baden und die Abende mit Abhängen am Lagerfeuer. Julius und ich saßen an den Bus gelehnt bei offener Seitentür auf dem Boden. Was dieses Mal anders war, war der ständige Blick aufs Telefon. Zu meiner Überraschung war ich damit nicht alleine. Auch mein kleiner Bruder schien mit irgendjemandem im Dauerkontakt zu stehen.

>>Wem schreibst du denn die ganze Zeit? Man könnte ja meinen, du seist verliebt?<<, stichelte ich bei Julius.

>>Hä? Was laberst du denn? Ich spiel nur was<<, schnodderte Julius zurück, aber sein Blick verriet ihn.

>>Ja? Dann zeig doch mal her, dein Spiel<<, flachste ich und nahm ihm ganz unvermittelt sein Handy aus der Hand. Julius protestierte lautstark und versuchte, mir das Handy wieder abzunehmen, aber da ich größer war als er, gelang ihm das nicht. Ich rannte weg und las, während ich lief, die Nachricht vor.

>>Ich vermisse dich auch und zähle die Tage, bis wir uns wiedersehen<<, rief ich lauthals.

>>Oh Julchen, wer ist denn Lina?<<

In dem Moment sprang er wie ein wildgewordenes Frettchen an mir hoch und entriss mir sein Handy. Seinen Fuß platzierte er danach mit voller Wucht auf meinem Hintern.

>>Mann, du blöde Kuh! Soll ich mal deine Scheißnachrichten von Fadi laut vorspielen und dein Gelaber noch dazu?<<

>>Ist ja gut. Reg dich ab<<, sagte ich versöhnlich und gab ihm einen fetten Schmatzer auf seine Wange.

>>Aber jetzt mal im Ernst. Wer ist denn Lina? Kenn ich die? Ist sie auf unserer Schule?<<

>>Nein, du kennst sie nicht. Sie wohnt in Berlin. Ich kenne sie von den Pfadfindern.<<

>>Die Pfadfinder! Ich wusste es, da geht ja immer die Post ab.<<

Mein Bruder war knallrot im Gesicht, konnte das Lächeln in seinem Gesicht aber auch nicht unterdrücken. Mein Vater wachte gerade von seinem Mittagsschläfchen auf und lugte mit seinem Kopf aus der Hängematte, die er zwischen zwei Bäume gespannt hatte.

>>Wie bitte? Du bist auch verliebt? Jetzt bin ich hier mit zwei verliebten Teenagern unterwegs, die permanent auf ihr Telefon starren und die Natur nicht würdigen<<, beklagte sich mein Vater noch etwas schlaftrunken.

>>Das musst du gerade sagen! Du glotzt doch auch ständig auf dein Telefon<<, entgegnete ich. Papa stieg aus der Hängematte und kam zu uns herüber. Er setzte sich in seinen Campingstuhl, nahm einen Schluck aus der Wasserflasche, die in der Armlehne steckte und sah uns irgendwie merkwürdig an.

>>Tja, da sitzen wir wohl alle im selben Boot<<, sagte er einfach so gerade heraus. Ich wusste sofort, was er meinte, aber Julius stand auf dem Schlauch.

>>Was für'n Boot?<<, fragte er begriffsstutzig.

>>Papa ist auch verliebt. Lass mich raten: Die Tussi, die unter dir wohnt? Wie heißt die nochmal? Lora oder so?<<, füllte ich Julius' Wissenslücken.

>>Sie heißt Lorna und ist keine Tussi, also bitte<<, kommentierte mein Vater etwas verblüfft, nicht nur über meine Wortwahl, sondern wohl auch, weil er nicht gedacht hätte, dass ich das geahnt hatte.

Ich sah zu Julius rüber und er saß mit offenem Mund da, offensichtlich unfähig irgendetwas zu sagen.

>>Julchen? Alles klar? Du kennst Lorna doch<<, sagte mein Vater vorsichtig. Julius sah aus, als hätten wir ihm gerade gesagt, dass die Erde doch eine Scheibe sei.

>>Ja, ja, alles ok<<, stotterte er, aber sein Gesichtsausdruck verriet etwas anderes.

Julius

Der Urlaub hätte so schön sein können. Aber dann blökte meine Schwester in ihrer üblichen trampelnden Art heraus, dass sich mein Vater neu verliebt hatte. Ich kam mir auf einmal so bescheuert vor. Die ganze Zeit hatte ich mir Sorgen um ihn gemacht, hatte immer ein schlechtes Gewissen gehabt, wenn ich von ihm zu Mama nach Hause ging. Ich hatte gedacht, er sei einsam und traurig und ließ sich das nur nicht anmerken, weil er uns nicht belasten wollte. Ich hatte schon überlegt, ihm anzubieten, zu ihm zu ziehen. Ich stellte mir vor, wie er abends nach Hause kam und niemand für ihn da war. Auf einmal dämmerte mir, dass ich vielleicht die ganze Zeit falsch gelegen hatte. Ich sah meinen Vater vor meinem inneren Auge quietschvergnügt im Bademantel zu Lorna runterstiefeln und fühlte mich wie ein Vollidiot. Ich merkte, wie die Tränen in mir hochstiegen und wollte einfach nur noch weg. Ich stand auf und rannte in Richtung See. Ich legte mich in den Sand, hielt die Füße in das eiskalte Wasser und schloss die Augen, aus denen unaufhörlich Tränen flossen. Obwohl ich die Augen zu hatte, merkte ich, dass sich mein Vater neben mich legte und ebenfalls seine Füße ins Wasser hielt.

>>Juli?<<

>>Ja?<<

>>Es tut mir leid, dass ich dich eben so überrumpelt habe. Lorna und ich sehen uns schon seit einiger Zeit. Ich wollte dir bisher noch nichts sagen, weil ich nicht wusste, ob es was Ernstes wird.<<

>>Also ist es was Ernstes?<<

>>Das weiß ich nicht. Vielleicht.<<

Dieser Satz versetzte mir einen solchen Stich ins Herz, dass nun noch mehr Tränen aus mir heraustropften.

>>Das heißt, das mit Mama und dir, das wird nie wieder was?<<

>>Nein, Julchen. Aber das hat mit Lorna nichts zu tun. Mama und ich lieben uns nicht mehr.<<

>>Ich dachte, dass das mit Jörg vielleicht nur vorübergehend ist und sie irgendwann sieht, was sie an dir hat und dann wieder zu dir zurückkommt. Und alles wieder so wird wie früher. Aber wenn du sie auch nicht mehr willst, dann ... dann wird das wohl nichts.<<

>>Komm mal her.<<

Papa nahm mich in den Arm und drückte mich ganz fest an sich.

>>Es tut mir leid, Juli. Es tut mir leid, dass wir nicht die Familie sein können, die du dir wünschst.<<

In mir stürzte gerade alles in sich zusammen. Niemand außer mir schien unserem bisherigen völlig normalen Leben, in einer völlig normalen Durchschnittsfamilie hinterherzutrauern. Mama ohnehin nicht, Papa entgegen meiner Vermutung auch nicht und Rosa war viel zu beschäftigt mit Fadi, um an irgendetwas anderes zu denken. Wenn Sich-Verlieben bedeutete, dass man alle anderen um sich herum vergisst und alles, was mal wichtig war, einfach wegschiebt, dann wollte ich das gar nicht.

Rosa

Die letzten Urlaubstage wurden für mich zunehmend unerträglicher. Es tat zwar gut, so viel Zeit mit Papa zu verbringen, aber meine Sehnsucht nach Fadi war so groß, dass sie alles ein wenig überschattete. Die Rückfahrt im Bulli zog sich hin wie Kaugummi. Fadi und Jörg waren bei uns zu Hause und begutachteten Mamas neues Bienenvolk im Garten. Als ich Fadi sah, wie er da bei uns im Garten stand, war es um mich geschehen. Ich rannte auf ihn zu und fiel ihm in die Arme. Ich atmete seinen Geruch ganz tief in mich hinein und mir liefen vor Freude die Tränen hinunter. Nachdem wir uns wieder einigermaßen voneinander lösen konnten, begrüßte er meinen Vater in seiner typisch höflichen und extrem respektvollen Art. Der Blick meines Vaters verriet mir, dass wir nun doch langsam seinen Segen hatten, was mich sehr glücklich machte.

Am übernächsten Tag ging es schon nach Rügen. Unser Auto war bis unters Dach beladen und ich saß zwischen Julius und Fadi auf der Rückbank. Die beiden blödelten die ganze Zeit über mich hinweg herum, wir hörten laut Musik und die Stimmung war so ausgelassen, wie sie schon lange bei keinem Familienurlaub mehr gewesen war. Meine Mutter war in Jörgs Gegenwart viel entspannter und machte nicht so eine Hektik, wie sie es sonst immer getan hatte.

Das Haus von Jörgs Eltern auf Rügen war sehr alt und es knarrte und knackste, wenn man über die alten Dielenböden lief. Alles war etwas krumm und schief und verstaubt, aber es war urgemütlich und lag direkt am Strand. Es gab drei Schlafzimmer und ein Wohnzimmer. In das kleinste Zimmer zog Fadi, Julius und ich nahmen das mittlere und Jörg und Mama bezogen das Schlafzimmer seiner Eltern. Das Wetter spielte mit und wir konnten fast jeden Tag im Meer baden. Das Gute an einer verliebten Mutter war, dass sie sich eigentlich nicht sehr viel um uns kümmerte und wir so ziemlich machen konnten, was wir wollten.

Nachts schlich ich mich immer zu Fadi rüber und schlief dort ein, einfach weil es so schön war, in seinen Armen einzuschlafen. Ich stellte mir immer früh den Wecker und schlich dann wieder in mein Bett. Julius hielt dicht, weil wir ihn tagsüber manchmal an unseren Aktivitäten teilnehmen ließen.

Als ich eines Nachts neben Fadi lag, wachte ich allerdings auf, weil er neben mir wie wild mit den Händen herumfuchtelte und unverständliche Dinge brabbelte. Ich verstand zwar nicht, was er sagte, aber mir war klar, dass das kein guter Traum war und er Angst hatte.

>>Fadi! Wach auf!<<

Ich rüttelte an ihm und hielt gleichzeitig seine Arme fest, weil diese unaufhörlich zappelten.

>>Fadi!<<

Er wachte langsam auf und sah mich an, als sei ich ein Außerirdischer. Gleich darauf nahm er mich in seine Arme und drückte mich so fest, dass ich kaum mehr Luft bekam. Ich schob ihn von mir weg und als er endlich losließ, sah er mich mit tränenüberströmtem Gesicht an. Ich legte meine Hand auf seine Brust und spürte wie sein Herz raste.

>>Es ist alles gut, Fadi. Du hast nur geträumt. Es ist alles ok.<<

>>Nichts ist ok, Rosa. Gar nichts! Ich werde diese Bilder einfach nicht los. Jede Nacht hab ich Angst einzuschlafen, weil dann alles wieder von vorne anfängt.<<

>>Was fängt wieder an? Was träumst du denn?<<

Er setzte sich im Bett auf.

>>Auf der Überfahrt von der Türkei nach Griechenland auf diesem Scheißgummiboot, indem viel zu viele Menschen saßen. Da saßen bestimmt vierzig in einem Schlauchboot, das vielleicht für zwölf Leute gedacht war. Jedenfalls fiel der Motor aus und wir trieben auf dem offenen Meer. Auf einmal kam die griechische Küstenwache und wir dachten, wir seien gerettet. Aber die haben uns nur angeglotzt und uns ihre Scheinwerfer ins Gesicht geleuchtet. Und dann sind sie umgedreht und einfach wieder weggefahren. Dabei haben sie so viel Gas gegeben, dass sie eine riesige Welle verursacht haben. Diese Welle hat uns quasi verschluckt. Wir sind einmal ganz unter Wasser gewesen mit diesem Schlauchboot. Neben uns saß eine Frau mit ihrem Baby, das hat die ganze Zeit geschrien.<<

Fadi konnte einen Moment nicht weiterreden und wurde von Heulkrämpfen geschüttelt.

>>Als wir wieder hochkamen, die Welle uns wieder ausgespuckt hatte, da war es auf einmal ganz still. Ich hab zu der Frau mit dem Baby geguckt, aber sie waren nicht

mehr da. Sie waren einfach nicht mehr da, Rosa! Sie waren weg. Das Meer hat sie einfach verschluckt. Die Welle war weg und das Meer ganz still, aber die Frau und ihr Baby, sie waren einfach weg, in der Stille des Meeres verschwunden. Wir sind ins Meer gesprungen und haben nach ihnen gesucht, aber wir konnten sie nicht finden. Ich konnte sie einfach nicht finden. Sie waren einfach weg.<<

Fadi streckte seine Arme aus und spreizte seine Finger, so als ob ihm etwas zwischen den Fingern rinnt.

>>Ich träume fast jede Nacht von dieser Frau und ihrem Kind. Meine Hände greifen nach ihr, aber sie greifen immer ins Leere. Und ich höre immer dieses Schreien des Babys. Und dann ist es auf einmal still.<<

Meine Kehle schnürte sich zu und mir liefen die Tränen die Wangen in Strömen hinunter. Wir nahmen uns in die Arme und hielten uns unendlich lange, bis irgendwann die Tränen nicht mehr liefen.

>>Ich bin nur hier, weil ich Glück hatte, Rosa. Es hätte genauso gut mich treffen können. Ich hatte Glück und das Baby, das noch sein ganzes Leben vor sich hatte, das hatte Pech. Was ist denn das für eine Welt, in der wir leben?<<

>>Ich weiß es nicht, Fadi. Ich weiß es nicht.<<

Julius

Auf Rügen mit zwei verliebten Pärchen war es wider Erwarten recht schön. Rosa verkrümelte sich jede Nacht zu Fadi, was mich in die Lage versetzte, ihr tagsüber allerhand abzuverlangen, bei dem sie mir sonst einen Vogel gezeigt hätte. Sie holte mir Eis, wenn mir nach Eis war. Sie räumte die Luftmatratze, wenn ich sie haben wollte und auch das Fernsehprogramm durfte ich bestimmen. Anders als mit meinem Vater, war der Urlaub mit Jörg deutlich weniger aktiv. Jörg konnte den ganzen Tag am Strand liegen und lesen, was mir sehr entgegenkam, da auch ich den Vorteil darin sah, dem eigenen Leben zu entfliehen und in eine Fantasiewelt abzutauchen. Da ich nun auch kein Mitleid mehr mit meinem Vater haben musste, weil dieser offensichtlich über die Trennung von meiner Mutter hinweg war, fiel es mir deutlich leichter, nett zu Jörg zu sein und mich nicht mehr wie ein Verräter meinem Vater gegenüber zu fühlen, wenn ich Zeit mit dem neuen Freund meiner Mutter verbrachte. Wir tauschten uns über den Inhalt der jeweiligen Bücher aus, die wir gerade lasen und fachsimpelten über gut und schlecht gestaltete Charaktere. Aber am besten gefiel mir an Jörg, wie er mit Fadi umging. Wenn ich es nicht gewusst hätte, hätte ich wirklich gedacht, dass Fadi Jörgs leiblicher Sohn war. Zwischen den beiden schien das gleiche Band zu sein wie zwischen meinem Vater und mir.

>>Warum hast du eigentlich keine eigenen Kinder?<<, fragte ich Jörg eines Tages während einer unserer Bücherrezensionen.

Er sah mich etwas verblüfft an und für einen kurzen Moment fürchtete ich, eine Grenze überschritten zu haben, die ihm unangenehm war. Seine Gesichtszüge entspannten sich jedoch sofort wieder.

>>Hm. Das ist eine gute Frage, Julius. Das ist etwas komplizierter. Ich hätte sehr, sehr gerne eigene Kinder gehabt. Aber irgendwie ist es nie dazu gekommen. Die erste Frau, mit der ich gerne Kinder gehabt hätte, wollte selbst keine haben, weil sie Angst hatte, ihren Beruf nicht mehr so ausüben zu können, wie sie sich das wünschte. Sie war Journalistin und ist immer viel gereist. Das habe ich akzeptiert. Wir haben uns irgendwann getrennt. Dann habe ich eine andere Frau kennengelernt. Sie wollte unbedingt Kinder haben, wir konnten aber zusammen keine bekommen. Irgendwann haben wir dann nach vielen Versuchen hingenommen, dass es uns nicht vergönnt war.<<

>>Oh, das tut mir echt leid<<, sagte ich und meinte es auch wirklich so.

Jörg sah Fadi an, der gerade mit Rosa Beachvolleyball spielte und sein Blick wurde ganz weich.

>>Naja, seit Fadi in mein Leben getreten ist, ergibt das alles einen Sinn für mich. Ich habe lange mit meinem Schicksal gehadert, aber jetzt hat mir irgendwer Fadi geschickt. Ich glaube nicht wirklich an Gott, aber das mit uns kann auch nicht einfach nur Zufall sein. Jemanden zu treffen, der sich genauso anfühlt wie ein Sohn und der in seiner Situation eine Vaterfigur so sehr braucht, das lässt mich jeden Tag so dankbar sein. Ein besseres Kind könnte

ich mir für mich gar nicht vorstellen. Mit ihm fühlt sich das an ... wie Familie. Weißt Du, wie ich das meine?<<
Komischerweise wusste ich ganz genau, was er meinte. Vielleicht war Familie nur das Gefühl, das einen mit denen, die man liebte, verband und nicht zwangsläufig die Konstellation Vater, Mutter, Kind. So sehr ich mir auch wünschte, einfach mein altes, normales Leben wiederzuhaben, in dem Mama mit Papa zusammen war und wir zu viert in unserem Haus wohnten, musste ich zugeben, dass ich meine Mutter schon seit Jahren nicht mehr so glücklich und lebendig gesehen hatte, wie seit ihrer Trennung von Papa. Und auch Papa litt ja nun offensichtlich doch nicht an einer posttraumatischen Belastungsstörung, sondern amüsierte sich mit seiner Nachbarin, ob nun ernsthaft oder nicht, das stand noch aus.

Ich hatte Linas Nachrichten, seit mir Papa von Lorna erzählt hatte, ignoriert, weil Verliebt-Sein für mich einen bitteren Beigeschmack bekommen hatte, aber vielleicht war es an der Zeit, den Kontakt wieder aufzunehmen.

Rosa

Seit jener Nacht, in der Fadi mir von seinen Albträumen erzählt hatte, machte ich mir echt Sorgen um ihn. Mir war zwar klar, dass er mir das alles im Vertrauen erzählt hatte, aber irgendwie fühlte ich mich so hilflos, weil ich das Gefühl hatte, ihm gar nicht wirklich helfen zu können. Dass er Hilfe brauchte, stand für mich jedoch fest. Wie schlimm musste das sein, abends nicht einschlafen zu wollen, weil man Angst vor dem hatte, was einen nachts heimsuchte? Dieser Mensch war schließlich erst sechszehn Jahre alt! Er hatte aber schon Dinge erlebt, die ich wahrscheinlich in meinem ganzen wohlbehüteten Leben nicht erleben würde. Als Fadi an einem schönen sonnigen Nachmittag mit Julius *Pizza to go* holen ging und ich mit Mama und Jörg am Strand zurückblieb, ergriff ich die Gelegenheit beim Schopf und erzählte den beiden von Fadis Albträumen. Zu meinem Erstaunen waren sie bereits im Bilde.

>>Ich weiß<<, sagte Jörg und sein Blick verriet die gleiche Sorge, die auch ich verspürte.

>>Was Fadi auf seinen sechs Monaten Flucht und auch davor erlebt hat, das wünscht man niemandem.<<

>>Hat er mit dir über seine Flucht gesprochen?<<, fragte ich verblüfft. Ich hatte einfach nicht damit gerechnet, dass Jörg so eingeweiht war.

>>Ja, zum Teil unfreiwillig, weil diese Details im Asylverfahren abgefragt wurden, bei dem ich ihn unterstützt habe, und zum Teil hat er sich mir gegenüber im Laufe unseres Zusammenlebens mehr und mehr geöffnet.<<

Selbst meine Mutter schien Bescheid zu wissen.

>>Rosi, Fadi ist schwer traumatisiert. Was er erlebt hat, das sollte ein Sechzehnjähriger einfach noch nicht erlebt haben. Er musste ganz schnell erwachsen werden und mit Dingen klarkommen, die kein junger Geist so einfach verarbeiten kann.<<

Meine Mutter ergriff Jörgs Hand, dem die Tränen vorne anstanden.

Mit zitternder Stimme fuhr Jörg fort. >>Fadi geht einmal in der Woche zu einem Therapeuten, der Arabisch spricht und versucht, ihm dabei zu helfen, das, was er erlebt hat, zu verarbeiten. Aber das wird sehr lange dauern und lässt sich nicht von heute auf morgen mit ein paar Sitzungen beheben.<<

Wow! Ich hatte ja mit allem gerechnet, aber nicht damit. Einerseits war ich erleichtert, dass Fadi sich Jörg anvertraut hatte und bereits Hilfe in Anspruch nahm, aber andererseits fühlte ich mich auch ein wenig hintergangen. Mir war zwar klar, dass das ein völlig egoistisches und bekloppters Gefühl war, aber dennoch störte es mich, dass Fadi offensichtlich lange gedacht hatte, mir seine Sorgen nicht erzählen zu können. Meine Mutter musste diese Enttäuschung in meinem Gesicht abgelesen haben können.

>>Rosi, du tust Fadi einfach gut. Wenn er mit dir zusammen ist, ist er glücklich und kann sich geborgen fühlen. Er liebt dich wirklich! Aber du musst Geduld mit ihm haben. Er wirkt oft so unbeschwert und das ist er mit dir auch, aber auf seinen Schultern lastet auch so unendlich viel<<,

sagte meine Mutter und ergriff nun mit ihrer noch freien Hand meine.

Das war so klar, dass meine Mutter das in mir auslösen würde. Ihre Stimme, ihre Hand … und schon liefen mir die Tränen herunter. Sie ließ Jörgs Hand los und nahm mich in die Arme. Ich kauerte mich auf dieser weiß-gelben Strandliege zusammen, legte meinen Kopf in ihren Schoß und schluchzte wie ein kleines Mädchen. Mama streichelte meine Haare und küsste mich auf die Schläfen.

>>Wichtig ist doch nur, dass wir alle zusammenhalten und uns so lieben, wie wir sind, mit allen Baustellen und Sorgen und Nöten, die wir eben haben. Familien halten zusammen, auch wenn sie vielleicht ihre Konstellation verändern. Weißt du, irgendwer hat uns hier alle irgendwie zusammengewürfelt und jetzt ist es an uns, dieses Band zu festigen und zu einem starken Seil zu machen, das alle Stürme übersteht<<, flüsterte sie ganz dicht an meinem Ohr.

>>Und Papa?<<

>>Papa gehört genauso zu dieser kruschigen, chaotischen Familie wie du und ich und Juli und Jörg und Fadi. Ich liebe deinen Vater. Ihm hab ich euch zu verdanken. Ihm hab ich diese wundervollen letzten zwanzig Jahre meines Lebens zu verdanken. Papa wird in meinem Leben immer eine ganz wichtige Rolle spielen, nur eben nicht mehr als mein Ehemann.<<

Mamas Tränen tropften auf meinen Haaransatz.

>>Wenn mir das vor zehn Jahren jemand vorausgesagt hätte, dass ich deinen Vater mal verlassen werde, den hätte ich für verrückt erklärt. Aber so ist es nun mal gekommen und ich hoffe, dass ihr uns das irgendwann verzeihen könnt, du und Juli.<<

Julius

Meine digitalen Annäherungsversuche bei Lina scheiterten zunächst leider kläglich. Obwohl ich dank der zwei blauen Häkchen sehen konnte, dass sie meine Nachrichten gelesen hatte, bekam ich keine Antwort. Ich konnte ihr das noch nicht mal verübeln, da ich den Kontakt zuvor ja einfach ohne ein Wort der Erklärung abgebrochen hatte. Was Lina natürlich nicht wusste, war, dass das ja eigentlich nichts mit ihr zu tun gehabt hatte, sondern mit meiner verkorksten Familie. Als wir endlich wieder zu Hause waren, traf ich mich sofort mit Vinnie. Vielleicht hatte er ja eine Idee, wie ich wieder an Lina herankommen konnte, ohne mich dabei komplett zum Horst zu machen. Da seine Eltern seine Schwester gerade von ihrer Orchesterreise abholten, hatten wir sturmfrei und konnten ungehindert zocken.

>>Hast du eigentlich noch Kontakt zu Maria?<<, fragte ich möglichst beiläufig während des Spiels.

>>Die ist noch verreist, aber wir schreiben uns ab und … Pass doch mal auf! So, wie du stehst, bist du gleich tot!<<, blaffte mich Vinnie an, während er weiterhin angestrengt auf den Bildschirm sah. Eine Sekunde später traf mich der Gegner und ich verlor mein letztes Leben.

>>Mann, Junge, was ist denn mit dir los? Wegen dir haben wir jetzt verloren. Übelst verkackt! So eine Scheiße!<<, motzte Vinnie und sah mich verständnislos an.

>>Sorry. Ich hab mich nur gefragt, ob Lina vielleicht irgendwas zu Maria gesagt hat. Über mich, meine ich.<<

>>Was? Ach so, ja, die hat übelst rumgeheult, weil du dich nicht mehr gemeldet hast oder so.<<

Vinnies wutrotes Gesicht wurde langsam wieder blasser und er ließ sich nach hinten auf sein Bett fallen.

>>Krass! Warum sagst du mir das denn nicht? Was weißt du noch? Jetzt lass dir doch nicht alles aus der Nase ziehen<<, antwortete ich leider etwas zu aufgeregt.

>>Pff, keine Ahnung. Ich wusste ja nicht, dass dich das interessiert. Ich dachte, du hättest kein Bock mehr auf sie. Mann, weiß ich doch nicht! Schreib ihr doch einfach<<, sagte Vinnie, während er sich eine Handvoll Chips in den Mund stopfte.

>>Das hab ich ja schon getan, aber sie reagiert nicht.<<

>>Ach so<<, schmatze Vinnie, >>ich kann ja mal bei Maria nachfragen.<<

>>Scheiße, ey. Lina muss ja auch denken, ich bin nicht ganz normal im Kopp. Ich glaub, ich hab's verkackt.<<

>>Jetzt chill mal! Die wird schon wieder anbeißen, so wie die wegen dir rumgeflennt hat. Und außerdem: What the fuck ist schon normal?<<

Während Vinnie weiterhin Chips in sich hineinstopfe, dachte ich über diese beiläufige Frage nach und auf einmal ergab alles einen Sinn: Nichts war mehr normal in meinem Leben und doch irgendwie alles.